수상한 이름가게

청소년 성장소설 십대들의 힐링캠프, 자신감(초등고학년)

[십대들의 힐링캠프®] 시리즈 NO.67

지은이 | 홍근하
발행인 | 김경아

2023년 9월 3일 1판 1쇄 발행
2024년 4월 27일 1판 2쇄 발행(총 3,000부 발행)

이 책을 만든 사람들
책임 기획 | 김경아
기획 | 김효정

북 디자인 | KHJ북디자인
표지 삽화 | 캐롤마인드
경영 지원 | 홍종남
기획 어시스턴트 | 홍정훈, 한선민, 박승아
제목 | 김경아
책임 교정 | 김윤지
교정 | 주경숙, 이홍림

종이 및 인쇄 제작 파트너
JPC 정동수 대표, 천일문화사 유재상 실장, 알래스카인디고 장준우 대표

청소년 기획위원
정가인, 양태훈, 양재욱

펴낸곳 | 행복한나무
출판등록 | 2007년 3월 7일. 제 2007-5호
주소 | 경기도 남양주시 도농로 34, 301동 301호(다산동, 플루리움)
전화 | 02) 322-3856 팩스 | 02) 322-3857
홈페이지 | www.ihappytree.com | bit.ly/happytree2007
도서 문의(출판사 e-mail) | e21chope@daum.net
내용 문의(지은이 e-mail) | rmsgk1238@gmail.com
※ 이 책을 읽다가 궁금한 점이 있을 때는 지은이 e-mail을 이용해 주세요.

ⓒ 홍근하, 2023
ISBN 979-11-88758-68-5
"행복한나무" 도서번호 : 169

수상한 이름가게

| 홍근하 지음 |

이름삽니다

이름
삽니다

강덕구

?

행복한
나무

차례

내 이름이 싫다, 너무너무 싫다

누구나 이름을 가지고 있다.

이름이 없는 사람은 없다.

그래서 사람들은 처음 만난 사람에게 이름이 뭐냐고 묻고, 자기소
개를 할 때 이름을 밝힌다.

여러 사람이 있을 때는 잘 보이게 이름표를 단다.

어른들끼리 이름이 적힌 명함을 주고받으며 인사하는 모습도 자
주 볼 수 있다.

그런데 한 가지, 아무도 신경 쓰지 않는 사실이 있다.

바로 모두가 자기 이름을 좋아하는 것은 아니라는 점이다.

그래서 나는 불만이 많다.

내가 이름을 싫어하는 데는 다 이유가 있다.

세어 보지는 않았지만 이유가 100가지, 아니 1000가지 정도는 될

것이다.

일단 내 이름은 나에게 별로 어울리지 않는다.

그래서 처음 만나는 사람들은 대부분 내가 뻥을 친다고 생각한다.

사람들이 '강덕구'라고 하면 떠올리는 것은 흙바닥을 뒹굴며 꼬리 치는 똥강아지나 땀을 뻘뻘 흘리며 운동장을 뛰어다니는 새까만 남자아이다.

그래서 이름의 주인인 나를 보면 다들 놀란다.

까만 뿔테 안경을 쓰고 머리를 질끈 묶은 여자아이…….

그것이 나이기 때문이다.

이름을 빼고 나를 소개해 보겠다.

나는 열두 살, 한울초등학교 5학년이다.

나는 달리기를 잘하고, 학년 대표로 뽑힐 만큼은 아니지만 빠른 편이다.

피구보다는 축구를 더 좋아한다.

마음껏 달릴 수 있기 때문이다.

강아지보다는 고양이를 닮았다.

그래서 친구들은 나를 '깡냥'이라고 부른다.

제일 좋아하는 것은 수다 떨기.

친구들과 수다를 떨면 스트레스가 다 날아간다.

이런 내가 자기소개를 하면 첫인상부터 와장창 깨진다.

용기 내서 이름을 말했는데 웃음을 못 참고 킥킥대는 사람도 한둘이 아니다.

어떤 사람은 조심스럽게 물어본다.

"그게 정말 니 이름이니?"

'저런, 안 됐구나' 하는 표정으로 말이다.

모르는 사람한테 이름 때문에 불쌍한 취급을 받느니 차라리 웃음거리가 되는 것이 더 나을 듯하다.

이쪽이나 저쪽이나 기분은 별로지만.

이름이 싫은 이유는 더 있다.

이 이야기를 하려면 아픈 기억을 건드려야 한다.

나는 어렸을 때부터 온갖 별명으로 놀림을 당했다.

그래서 웬만한 놀림에는 이미 익숙하지만 이렇게 되기까지 얼마나 힘들었는지 모른다.

하필이면 이름에 '구'자가 들어가서 아이들은 동네 강아지 이름을 부르듯이 내 이름을 가지고 놀렸다.

그중에서도 제일 싫은 기억이 있다.

3학년 때, 같은 반이었던 아이가 시골 똥개 이름 같다고 나를 놀리기 시작했다.

그러더니 노래 가사를 바꾸어서 부르고 다녔다.

"우리 집 강아지는 덕구 강아지~ 똥을 싸도 반갑다고 왈왈왈~"

내 인생을 악몽으로 만든 그 노래는 순식간에 입소문을 타고 친구들 사이에 돌고 돌았다.

결국 다른 반 아이들까지 그 노래를 부르고 다닐 정도였다.

선생님이 나서서 단속하기는 했지만, 한번 유행을 탄 노래는 결코 쉽게 없어지지 않고 유령처럼 나를 따라다녔다.

그 일 때문에 원래도 좋지 않았던 이름이 100배는 더 싫어졌다.

그때부터였을까?

마음에 상처를 크게 입은 뒤로 이름을 향한 집착이 시작되었다.

특이하거나 이름이 예쁜 친구를 보면 이름의 뜻이 무엇인지, 이름을 어떻게 지었는지 물어보게 된 것이다.

어디에도 이름을 싫어하는 아이는 없었고, 자기 이름에 얽힌 이야기를 할 때면 다들 눈을 반짝거리며 뿌듯해 했다.

들어 보면 다들 이름 지을 때 엄청 신경을 쓴 티가 난다.

뜻도 좋고 부를 때도 좋게끔 글자를 고르고, 아기가 건강하고 예쁘게 자라기를 바라며 마음을 담아 이름을 짓는다.

태어난 날 눈이 펑펑 쏟아져 눈 설(雪) 자를 따왔다는 설이, 가족이 좋아하는 가수 이름을 따왔다는 소라, 한글로도 영어로도 쓸 수 있게 지었다는 유진.

그런데 내 이름에는 그런 이야기가 없다.

듣고 나면 오히려 속이 더 답답해질 뿐이다.

한마디로 내 이름은 시시하다.

내 이름의 시작을 이야기하려면 또 아픈 기억을 꺼내야 한다.

예전에 어떤 아이가 메모지에 떡 아홉 개를 그리고 그 밑에다 '강떡구 메롱'이라고 적어 등 뒤에 붙여 놓았다.

그날, 나는 눈물과 콧물을 고드름처럼 매달고 집으로 달려가 엄마에게 물었다.

"엄마, 내 이름은 왜 덕구야? 이름을 왜 이렇게 지었어?"

엄마는 역사와 전통을 중요하게 생각하는 할아버지가 아기 이름을 미리부터 지어서 어쩔 수 없었다고 변명했다.

"덕구야, 할아버지는 네가 태어나길 얼마나 기대하셨는지 몰라. 그래서 네가 세상에 나오기 전부터 오랫동안 고민하고 제일 좋은 글자를 담아서 이름을 지으신 거야. 엄마, 아빠도 할아버지가 애써서 지어 주신 이름이니 감사하게 받았고."

작년에는 누군가가 몰래 내 도덕책의 '도덕'이라는 글자 뒤에 '구'를 적어 놓았다.

도덕이 아니라 '도덕구'가 된 것이다.

내가 당황하는 사이 도덕책을 본 아이들이 "도덕구~ 도덕구~" 하면서 놀려 댔다.

나는 또 울면서 집으로 달려가 아빠에게 따졌다.

아빠는 머리를 긁적이며 나를 달랬다.

그리고 이렇게 설명했다.

"덕구야, 네가 태어나고 나서 할아버지가 엄마랑 아빠한테 이름 후보를 알려 주셨어. 할아버지는 답도 없는 고집쟁이였지. 그래서 불쌍한 우리에게 덕구, 상구, 한구 중에서 하나를 딸 이름으로 고르게 한 거야. 물론 우리는 땀을 삐질삐질 흘렸는데, 그래도 상구나 한구보다는 덕구가 낫잖아? 엄마랑 아빠도 눈물을 머금고……."

말을 마치며 아빠는 있지도 않은 눈물을 닦는 척했다.

너무 어이가 없어서 나오던 눈물이 쏙 들어갔다.

어쨌든 그렇게 정해진 것이 내 이름이라는 이야기다.

정말이지 재미도 없고 감동도 없다.

하지만 아빠가 한 설명에는 이해되지 않는 부분이 있었다.

나는 다시 아빠 얼굴에 대고 소리를 질렀다.

"그럼 강민주는? 민주는 왜! 걔는 이름이 멀쩡하잖아!"

"그건 네가 첫째라서 그래. 할아버지가 우리 집안 첫째 아이 이름
은 꼭 자기 손으로 짓겠다고 말씀하셨거든. 민주 이름도 지어 주시겠
다고 했는데 민주는 동생이니까 그냥 엄마, 아빠가 짓겠다고 했어.
할아버지도 더 말씀하지는 않으셨고."

"그런 게 어디 있어! 왜 나한테는 안 그랬는데! 왜!"

나는 항의했지만 아빠는 계속 어쩔 수 없다고만 했다.

결국 할아버지 때문이라는 이야기였다.

이 모든 불행의 원인 제공자인 할아버지는 내가 태어나길 그렇게
기대했다면서 막상 찾아가면 혼내기만 했다.

만나기만 하면 1시간도 넘게 이래야 한다, 저래야 한다 잔소리만
해서 나와 민주는 할아버지 댁에 가는 것을 싫어했다.

명절이든 방학이든 할아버지 댁에는 언제나 한자가 적힌 누런 책
과 신문이 어지럽게 쌓여 있고, 담배 냄새가 섞인 구린내가 난다.

심지어 와이파이도 안 터져서 아무것도 할 수가 없다(내 생각에는 이
것이 제일 큰 문제다).

작년에 새해를 맞아 할아버지를 뵈러 간 적이 있었다.

평소처럼 잔소리 타임이 끝나고 나서 무슨 일인지 할아버지가 서랍을 뒤적거렸다.

커다랗고 동그란 사탕통이 나왔다.

나와 민주는 사탕통에 관심이 가서 눈을 반짝거렸다.

할아버지는 처음으로 우리 볼을 한 번씩 톡톡 두드리더니 웃으면서 통을 열었다.

그리고 투명한 포장지에 쌓인 알록달록한 사탕을 주셨다.

얼른 포장지를 벗기고 한입에 넣었는데 맛은 하나도 없고 향수를 씹는 것 같았다.

'웩~' 하고 뱉고 싶을 정도로 달기만 했다.

자세히 보니 우리가 먹은 것은 사탕이 아니었다.

껍질 위에는 '과일향 제리'라고 쓰여 있었다.

우리는 입안에 있는 젤리를 몇 번 우물대다가 방에서 나오자마자 퉤퉤 뱉었다.

완전 사기 당한 기분이었다.

젤리에 속은 다음부터는 그것을 받으면 할아버지 몰래 땅속에 묻었다.

그럴 때는 고약한 할아버지에게 복수한 것 같아서 쿡쿡 웃음이 나왔다.

젤리와 함께 할아버지가 지어 준 이름까지 묻어 버린 셈이니 말이다.

할아버지는 무섭기만 하고, 한 번도 내 인생에 도움이 된 적이 없다.

옛날부터 얼마나 상상했는지 모른다.

다른 이름이면 얼마나 좋을까?

특별하고 하나뿐인 예쁜 이름이 아니더라도 그냥 좀 평범한 이름이기만 해도 좋을 텐데.

친구들은 다 자기랑 잘 어울리는 이름을 가지고 있다.

진아, 슬기, 수빈, 혜윤…….

나는 그 아이들보다 전적으로 불리한 세상에서 살고 있다.

강덕구로 산다는 것은 모두가 향기로운 세상에서 혼자 지독하고 고약한 냄새를 풍기는 것과 같다.

스컹크처럼 방귀를 뿡뿡 뀌고 다니는 것이나 마찬가지다.

그래서 나는 '강덕구', 내 이름이 싫다. 너무너무 싫다.

1. 내 이름은 강덕구

"덕구? 강덕구? 어디 있나요?"

제발, 제발, 제발…… 나는 이런 상황이 제일 싫다.

동그란 안경 속 선생님 눈이 교실을 두리번댔다.

아이들도 같이 힐끔거리며 두리번대기 시작했다.

고개를 들어 앞을 보아야 하는데 눈에 힘이 몰려 레이저 광선이 나갈 것 같다.

진짜 당황할 때는 눈앞이 깜깜해지는 것이 아니라 뜨거워진다.

눈에서 나간 레이저 광선이 책상의 한 점으로 모이고, 거기에서 연기가 피어오르다 불이 붙고, 불길이 커지며 타다가 까맣게 재만 남는다.

내 속도 활활 타 버릴 것 같다.

머리는 불덩이처럼 커지고, 반대로 몸통은 조그맣게 쪼그라든다.

아, 도망가고 싶다.

이름만 남겨 놓고 사라지고 싶다.

나를 찾는 선생님 목소리가 메아리처럼 떠돌다 바람 빠진 풍선마냥 푹 가라앉는다.

대답이 없자 아이들이 웅성거리는 소리가 더 커졌다.

다들 눈치를 보느라 말하지는 않지만 교실 온도가 10도쯤은 내려간 것 같다.

"아하하, 덕구가 쑥스러움이 좀 많나 봐요. 여러분도 첫날이라 긴장되지요? 사실 선생님도 엄청 떨려요."

선생님 말은 거짓말이다.

엄청 떨린다는 사람이 저렇게 술술 말을 잘하다니.

거기다 얼굴도 보송하고 표정도 엄청 밝다.

긴장한 사람은 저럴 수가 없는데 말이다.

"그래도 우리 1년 동안 같이 생활할 테니 간단히 자기소개 하고, 앞으로 잘 지내보자고 인사도 한마디씩 합시다. 같은 반이었던 친구들도 있겠지만 아직 서로 모르는 친구도 많을 테니까요. 첫인상이 중요한 거 알죠? 자, 다시 덕구부터 시작해 볼까? 강덕구? 손 드세요."

모든 아이가 자기소개를 싫어한다는 것쯤은 알 텐데 굳이 첫날부터 자기소개를 시키는 것도 별로다.

잘 모르지만 올해 담임선생님 첫인상 점수는 빵점이다.

나는 삐걱거리며 손을 들었다.

너무 떨려서 온몸이 다 뻣뻣하게 굳는 것 같다.

"아, 네가 덕구구나! 만나서 반가워. 그럼 일어서서 인사해 볼래?"

두리번거리던 아이들 눈동자가 점점 나에게 꽂힌다.

입에서는 각자 "헐", "엥?", "뭐지?" 소리가 나온다.

망했다.

에휴, 이럴 줄 알았어.

머릿속에는 불타 버린 내가 가루가 되어 팔랑팔랑 날아다닌다.

"저는 강덕구입니다."

눈을 질끈 감고 랩 하는 것처럼 빠르게 말했다.

소리가 들렸을까? 다시 하라고 하면 어떡하지?

그런데 걱정이 잠잠해지기 전에 귓구멍을 비집고 들어오는 소리가 더 컸다.

"뭐야, 여자아이네?"

"풉~ 근데 이름이 강덕구야?"

고개를 휙 돌려 소곤대는 소리가 나는 곳을 찾았다.

뒷자리에 앉은 아이 두 명이 자기들끼리 낄낄대다 선생님 눈치를 보며 자세를 고쳐 앉았다.

가뜩이나 자기소개 때문에 스트레스인데 세상에서 제일 싫어하는 말까지 들었다.

얼굴에 화르륵 불이 붙은 것 같다.

'니들은 뭐가 그렇게 잘났냐!' 이렇게 소리라도 확 지르고 싶었지만 마음과는 다르게 목소리가 안 나왔다.

퍽퍽한 고구마가 입안을 꽉 막고 있는 것 같았다.

"음, 그래. 더 하고 싶은 말 없니?"

"……."

"좋아요, 잘했어요. 그럼 다음, 김태승!"

선생님은 내가 부끄러움을 많이 탄다고 생각했는지 얼른 내 순서를 마무리하고는 다음 사람으로 넘어갔다.

긴장감이 지나가고 빈자리에는 분노가 차올랐다.

아직도 심장이 벌렁거렸다.

놀리지 말라고 해야 하는데 왜 아무 말도 못했지?

내가 봐도 바보 같다.

5학년이 된 첫날, 내 마음의 롤러코스터는 땅속으로 곤두박질쳤다.

이번에도 마찬가지다.

아무리 애써도 정상적으로 새 학기를 시작하는 것은 불가능하다.

힘이 빠진다.

몸 한가운데에 구멍이 뚫린 것 같은 기분이다.

배가 아주아주 고픈데 지각할까 봐 밥을 안 먹고 막 달린 적이 있다.

그때도 오늘처럼 속이 허전하고 쓸쓸했다.

내가 기운이 없으니까 지우가 와서 위로해 주었다.

"꾸야, 왜 그래? 기분이 안 좋아?"

"응, 아까 자기소개 할 때 너도 들었지? 아이들 웃은 거?"

"그랬어? 난 몰랐는데. 선생님한테 이를까?"

"아니, 됐어. 예전에도 이런 적 있었는데 별로 소용없었어. 왜 맨날 나한테만 이런 일이 생기는지 모르겠어. 난 정말 내 이름이 너무 싫어……."

"괜찮아? 왜 울어, 울지 마……."

지우랑 말하다 보니 저절로 눈물이 났다.

눈물방울이 떨어져서 안경이 얼룩졌다.

앞이 잘 안 보였다.

짜증 나고 속상한 마음이 눈물이 되어 앞을 다 가려 버린 것 같았다.

다른 아이들이 볼까 봐 고개를 숙이고 얼른 화장실로 들어갔다.

지우가 세수하는 내 등을 토닥여 주었다.

나는 휴지를 조금 뜯어 얼굴을 닦았다.

지우 이름은 지혜로울 '지(智)'에, 벗 '우(友)'라는 한자를 쓴다.

누구에게나 지혜로운 친구가 되라고 엄마가 지어 주셨다고 한다.

언제나 달려와 나를 위로해 주는 지우에게 꼭 맞는 이름이다.

이름만 빼고 우리는 비슷한 점이 많다.

3년 내내 같은 반이었고, 서로 집에도 놀러 갈 정도로 친하다.

오늘 같은 날 지우가 옆에 있어 정말 다행이다.

종이 쳐서 얼른 들어와 자리에 앉으니 선생님이 바쁘게 교과서를 나누어 주고 있었다.

오늘 따라 이름 쓸 일은 얼마나 많은지, 열 권이 넘는 새 교과서를 받으니 책상이 금방 꽉 찼다.

선생님이 칠판에 글씨를 적고는 약간 진지한 표정으로 말했다.

"여러분, 교과서를 모두 맞게 가져갔나요? 칠판 보고 확인한 다음 혹시 안 받은 친구는 와서 꼭 말하세요. 자, 새 책을 받았으면 이제 뭘 해야 할까요?"

"이름 써요~"

"네, 맞아요. 책을 잃어버리지 않게 앞뒤로 반, 번호, 이름을 쓰세요. 제대로 썼는지 선생님이 돌아다니면서 확인할 거예요!"

그 뒤로도 첫날은 처음부터 끝까지 그냥 이름 파티였다.

나는 교과서 열세 권에 앞뒤로 두 번씩, 52번 이름을 써야 했다.

다음에는 책상 위에 놓을 기다란 이름표를 만들었다.

다른 아이들은 색연필에 사인펜으로 알록달록 모양을 그리고 색 칠을 하며 이름표를 꾸몄지만 나는 도무지 그럴 기분이 아니었다.

선생님은 손톱만 한 크기로 쓴 내 이름을 보더니 글자를 열 배쯤 은 더 키워서 이름이 잘 보이도록 다시 만들라고 했다.

그러고는 이름표를 가져가 휴지통에 넣고 새 종이를 건네주었다.

안 그래도 속상한데 선생님 때문에 기분이 더 상했다.

심지어 서로 이름을 익힐 때까지 한 달 동안 책상 위에 이름표를 놓고 다녀야 한다니 정말 지옥이나 마찬가지였다.

마지막에 사물함에 넣을 물건과 실내화, 필통과 공책에 이름 스티 커를 붙이는 것으로 하루가 끝났다.

나는 온종일 이름에 갇힌 채로 5학년을 시작했다.

눈앞이 하얗게 흐려질 정도로 잔인한 하루였다.

2. 특별한 생일 선물이 필요해

3월의 첫 주는 국수를 먹듯 후루룩 흘러갔다.

작년에 친했던 친구들과 올해는 많이 갈라졌다.

나는 남자아이들과는 몰라도 여자아이들과는 두루두루 친한 편인데 작년에는 특히 하나, 샤론이, 지우와 같이 다니는 것을 좋아했다.

지우와는 같은 반이 되었지만 다른 친구들과는 떨어졌다.

우리는 방과 후에 만나 새 학기 기념 수다를 떨기로 했다.

방학 동안 매일 계속해서 문자를 주고받았는데도 일주일 보지 않았다고 할 이야기가 가득 쌓여 있었다.

언젠가부터 나는 가족보다 친구들에게 고민을 말하는 것이 더 편해졌다.

엄마는 고민을 말해도 그런 것 말고 공부에나 더 신경 쓰라고 하지만 친구들은 내 마음을 잘 헤아려 주니 친구들이 훨씬 낫다.

집에 가는 길, 나는 마음 놓고 개학 날 있었던 일을 털어놓았다.

친구들과 수다를 떨면서 말하는 것만으로도 기분이 나아졌다.

마음을 청소해서 까맣게 쌓여 있던 먼지를 조금씩 털어 내는 것 같았다.

"깡냥, 깡냥! 좋은 생각이 있어!"

뭐든지 두 번씩 말하는 것을 좋아하는 하나가 얼굴을 바짝 들이대며 속삭였다.

이름은 하나인데, 두 번씩 말하는 것이 웃겨서 친구들 사이에서는 별명이 '두리두리'였다.

"뭔데…… 나 지금 기운도 없어. 그냥 떡볶이나 먹자."

"아니, 아니! 너 이름 때문에 울었다며?"

"그렇지. 그게 뭐 한두 번이게."

"근데 너 곧 생일이잖아. 맞지?"

"응. 근데 그게 이름이랑 무슨 상관이야."

"좋은 생각이 있어. 선물로 달라고 해! 이름!"

"무슨 소리야. 그런 선물이 어디 있냐. 그냥 떡볶이나 사 줘. 안 그래도 슬픈데."

나는 호들갑 떠는 하나에게 대충 답했다.

"두리두리 얘 천재인 듯. 꾸꾸 너 기억 안 나? 핸드폰 갖고 싶어서 계속 조르다가 엄마, 아빠한테 편지 썼었잖아!"

나와 하나의 대화를 들으며 얼굴에 물음표를 그리던 샤론이가 전구가 켜진 표정으로 하나를 치켜세웠다.

신이 난 하나가 이어서 말을 늘어놓았다.

"그래~ 이 천재 '하나' 님의 신박한 해결 방법을 잘 들어 봐. 생일 선물로 이름을 달라고 하는 거야. 다른 거 말고! 너 저번 생일에 거의 한 달 동안 준비해서 핸드폰 사 달라고 편지 썼던 거 기억나지? 그러고 나서 결국 성공했잖아! 이번에도 그렇게 하면 되지! 어때, 어때? 대박이지?"

"웬일로 두리두리가 맞는 말을 하네. 두리두리가 아니라 똘똘한 또리또리가 다 됐나 보다. 오마이갓, 하나님~"

샤론이가 손을 모으고 허리를 굽혀 기도하는 시늉을 했다.

똑똑한 지우까지 합세해서 맞장구를 치자 점점 마음이 기울었다.

말도 안 되는 제안인 것 같았는데 듣다 보니 그럴듯했다.

왜 생각을 못 했지? 산타할아버지에게 소원을 빌 것이 아니라 생일에 소원을 빌면 되는 건데!

나는 기특한 생각을 한 하나에게 "이리 와, 또리또리~"라고 말하며 입술을 내밀고 뽀뽀하는 척을 했다.

하나는 '으으~' 하면서 달려가고 우리도 하나를 따라 힘차게 길을 가로질렀다.

친구들이 있어 정말 다행이다.

평소에는 단호한 엄마, 아빠가 나에게 제일 약해지는 날이 바로 4월 1일, 내 생일이다.

생일에는 뭐든 하고 싶은 대로 할 수 있다.

무엇보다도 나는 늘 원하는 것을 선물로 받았다.

부모님은 생일 선물을 고르느라 머리 아플 일이 없고, 나는 좋아하는 것을 정확히 받을 수 있으니 서로 편했다.

생일 소원 이벤트 시작은 아마 유치원생 때였을 것이다.

너무 옛날이라 잘 기억나지는 않지만 나는 그때 엄청나게 부드럽고 말랑말랑한 토끼 인형을 선물로 받았다.

특히 기다란 토끼 인형의 귀가 마음에 들었다.

동그스름하게 쳐진 눈에 입이 조그마해서 약간 졸린 듯한 표정이었는데 보고 있으면 잠이 솔솔 왔다.

핑크빛 도는 귀는 몸까지 늘어질 정도로 길쭉하고 보드라워서 무슨 이야기든 언제라도 들어줄 것 같았다.

나는 인형 이름을 '아야'라고 지었다.

그리고 어딜 가나 아야를 데리고 다녔다.

다음 생일에 나는 아야와 함께 텐트 안에서 자고 싶다는 소원을 빌었다.

엄마, 아빠는 생일 소원을 들어주기 위해 1시간 넘게 낑낑대며 텐트를 쳤다.

장소가 할아버지 집 앞마당이라는 점만 빼면 완벽했다.

텐트는 뭐든지 할 수 있는 아야와 나만의 공간이었다.

그다음에는 몸통만 한 아이스크림 한 통을 일주일에 걸쳐 혼자서 먹었다.

초등학생이 되고 나서는 그토록 키우고 싶어 했던 병아리를 키웠고, 다음 생일에는 좋아하는 『빨간 머리 앤』 전집을 사 달라고 해서 1년 내내 돌려 보았다.

그 이후로 나는 빨간 머리 앤의 왕팬이 되었다.

특히 작년에는 꿈에 그리던 핸드폰을 손에 넣었다.

무슨 일이 있어도 핸드폰은 절대 금지라고 반대하던 엄마를 설득한 것이 스스로도 신기했다.

일주일 동안 고민해서 편지를 쓴 것이 효과가 좋았다.

핸드폰을 사 주면 혼자서 숙제도 다 하고, 그것으로 검색도 하고, 공부에 도움이 되는 영상도 찾아보겠다고 약속했다.

친구들과 사이도 더 좋아지고, 밖에서 놀 때 연락이 되니까 부모님도 안심할 수 있다고 편지에 썼다.

부모님이 사 주신 핸드폰은 최신 폰도 아니고, 메신저와 동영상 보기, 전화 같은 기본적인 기능밖에 없었지만 매우 만족했다.

생일에는 그런 마법 같은 힘이 있었고, 나에게 생일 소원은 요술 램프나 마찬가지였다.

그래서 나는 생일을 적극적으로 활용했다.

그날만큼은 엄마도, 아빠도, 귀찮고 짜증이 나는 동생 민주까지도 두 배쯤은 더 말랑해졌기 때문이다.

그래, 결심했어!

올해 생일에 다른 아이들이 한 번도 받은 적 없는 아주 특별한 선물을 부탁하는 거야!

사실 새 이름은 내 평생소원이나 마찬가지다.

새 이름만 생기면 다른 것은 바라지도 않을 테니 아마 엄마, 아빠도 좋아할 것이다.

상상하는 것만으로도 마음이 터질 것처럼 행복했다.

우울한 내 삶에 한 줄기 빛이 내려온 것 같다.

하루하루가 빠르게 흘러갔다.

이름을 선물받기로 마음먹은 다음부터 내 신경은 온통 생일 편지에 쏠려 있었다.

이번에는 핸드폰보다도 더 쉽지 않을 것이라는 예상이 들었다.

핸드폰은 친구들도 갖고 다니니 나도 필요하다고 이야기할 수 있었지만, 세상 어디서도 이름을 선물받았다는 사람은 본 적이 없다.

이유가 있어야 한다.

나에게 새 이름이 필요한 이유, 강덕구가 아니라 다른 이름으로 살아야 하는 이유.

그리고 할아버지에게 꼼짝 못 하는 엄마, 아빠도 인정하고 고개를 끄덕일 수 있을 만한 아주 강력한 이유가 필요하다!

나는 생일까지 남은 날짜를 세며 20일을 편지 쓰는 데 집중하기로 했다.

마음으로 느끼는 것과 말로 표현하는 것은 다르다.

말로 하는 것도 어렵지만 마음을 글로 표현하는 것은 더 어렵다.

지금까지는 소원을 이루는 것이 쉬웠지만 이번에는 다르다.

평생소원인 만큼 더 정성을 들여야 한다.

핸드폰을 사 달라고 할 때 그랬던 것처럼 무슨 말을 할지부터 정리하기 시작했다.

친구들이 놀려서 싫고, 남자아이 이름 같아서 싫고, 또 나는 이름이 못생겼는데 민주는 정상적이라 싫고, 강 씨라서 맨날 1번 해야 하니까 더 싫고…… 또 뭐가 있더라……?

하루 종일 머리가 아팠다.

나에게 새 이름이 필요한 이유

1. 친구들이 놀린다.

2. 자기소개 하기가 힘들다.

3. 이름이 안 어울린다.

4. 이름이 안 예쁘다.

5. 이름이 남자아이 같다.

6. 이름이 동네 강아지 이름 같다.

7. 동생은 이름이 예쁜데 나는 아니라 싫다.

열심히 쓴 종이를 구겨 버렸다.

아무리 봐도 유치해 보인다.

떼쓰거나 조르는 것처럼 보이면 실패다.

이런 이유로는 엄마, 아빠를 설득할 수 없다.

일주일 넘게 고민해도 도무지 그럴듯한 이유가 생각나지 않았다.

조금 쓰다가 종이를 찢어 버리기 일쑤였고, 스트레스가 엄청났다.

나에게 새 이름이 필요한 진짜 이유가 뭐지?

매일 밤, 자기 전에 책상 앞에 앉아 연필 끝을 물어뜯으며 생각했다.

머리가 지끈지끈할 때까지 생각하느라 늦게 자는 날이 점점 많아
졌다.

"강덕구! 방금 말한 부분, 읽어 봐!"

선생님이 부르는 소리에 눈을 번쩍 떴다.

잠깐 기절해 있다가 머리를 맞고 깨어난 사람처럼 그제야 주변이
눈에 들어왔다.

내가 혹시 깜빡 졸았나?

다른 아이들이 쳐다보자 얼굴이 금방 빨개졌다.

편지를 고민하느라 몸만 앉아 있고 영혼은 온통 종이 위를 헤매는
중이었다.

나는 옆자리 짝꿍이 손가락으로 짚어 준 곳을 찾아내 허둥지둥 읽
었다.

"와, 로운이 너 딴사람 같다. 앞으로도 오늘처럼만 해 줘!"

입 밖으로 『잘못 뽑은 반장』의 한 구절을 꺼낸 순간, 머릿속에 콰르릉 번개가 치는 것 같았다.

그래, 나는 강덕구가 아니라 딴사람이 되고 싶은 것이다.

강덕구로 사는 인생이 싫으니까!

이름을 바꾸면 새로운 사람으로 살 수 있다.

이것이 바로 새 이름이 필요한 이유다!

온갖 생각이 둥둥 떠다녀 거무죽죽하게 먹구름이 끼어 있던 머릿속도 태풍이 지나고 난 뒤 맑은 하늘처럼 산뜻해졌다.

'헤~' 하고 순식간에 표정이 밝아진 나를 보며 선생님이 눈썹을 꿈틀거렸다.

그렇지만 나는 선생님에게 고마운 마음이 들었다.

선생님에게는 필요할 때 실마리를 던져 주는 신비한 재주가 있나 보다.

나는 『잘못 뽑은 반장』 이야기에서 힌트를 얻고는 신들린 것처럼 편지를 썼다.

다 쓴 편지를 몇 번씩 고치는 동안 생일은 일주일 앞으로 다가왔다.

나는 달라졌다.

엄마 말도 더 잘 들으려고 노력하고, 아빠 어깨도 주물러 주고, 시도 때도 없이 말대꾸해서 늘 짜증을 부르는 민주에게도 피자를 양보했다.

괜히 트집 잡히면 편지도, 선물도 모두 물거품이다.

나는 강덕구가 아니라 다른 사람이 된 것처럼 일주일을 보냈다.

"꾸! 생일 축하해!"

아침 일찍 학교 가는 길에 만난 지우가 활짝 웃으며 나에게 뛰어
왔다.

그러고는 손에 든 선물을 내밀었다.

빨간 머리 앤이 그려진 연필과 편지지 세트다.

오늘 저녁 펼쳐질 빅 이벤트에 딱 맞는 선물이다.

점심을 먹고 예쁜 편지지에 편지를 옮겨 쓰기로 했다.

생일 편지를 생각하니 중요한 시험을 앞둔 사람처럼 긴장이 되
었다.

아침에 먹었던 미역국이 배 속에서 파도처럼 울렁거려서 잘못하
다가는 금방이라도 목 위로 솟구쳐 올라올 것 같았다.

그래도 기분은 무지하게 좋았다.

아빠가 차린 식탁에는 내가 좋아하는 음식이 가득할 테고, 엄마는
집에 오는 길에 내가 좋아하는 아이스크림 케이크를 사 올 테니까 소
원만 이루어진다면 인생 최고의 생일이 될 것이 틀림없다.

생일을 준비하느라 수업 시간이 훌쩍 지나갔다.

사실 편지밖에 준비한 것이 없지만 어쨌든 나는 만반의 준비가 되
어 있다.

집에 가는 길에 휘파람을 불며 폴짝폴짝 뛰었더니 뒤따라오던 민주가 같이 가자며 "언니, 언니~" 하고 불러 댔다.

평소라면 지겨운 언니 소리를 피해 훌쩍 달아났겠지만, 오늘은 얼마든지 참을 수 있다.

나는 동생이 나불대는 쓸데없는 이야기까지 귀 기울여 들어 주는 착한 언니니까!

그리고 오늘 열두 번째 생일에 새 이름을 선물받게 될 테니까!

집에 들어오자마자 거실 바닥에 가방을 던져 놓고 대자로 드러누웠다.

민주가 떠드는 소리를 들으며 집에 오니 한 것도 없는데 벌써 피곤했다.

그러다가 얼른 일어나 가방을 들고 방으로 왔다.

가방을 내려놓고 침대에 앉아 핸드폰 전원을 켜니 친구들의 응원 메시지가 쏟아졌다.

톡톡 손가락을 움직여 답장을 하고 나서 시간을 확인했다.

아빠는 퇴근하고 바로 시장에 들렀다 온다고 했고, 엄마는 6시에 일을 마치면 집에 오기까지 30분은 더 걸릴 것이다.

고이 모시고 온 편지를 꺼내 다시 읽어 보았다.

사랑하는 부모님께

엄마, 아빠, 안녕하세요? 저 덕구예요.

오늘은 제 생일이에요.

제가 5학년이 될 때까지 키우느라 고생이 많으셨죠?

엄마는 항상 제 이야기를 잘 들어 주고, 아빠는 맛있는 걸 많이 해 줘서

감사합니다.

저는 엄마, 아빠를 세상에서 제일 사랑해요.

제가 이름 싫다고 옛날부터 속 썩여서 죄송해요.

사실은 이름이 싫은 이유가 있어요.

지금 제 이름은 저에게 어울리지도 않고, 또 친구들이 놀릴 때마다 속상

해요.

그리고 꼭 말하고 싶은 게 있어요.

저는 강덕구로 사는 게 싫어요.

지금까지 이름 때문에 힘들었던 인생을 바꾸고 싶어요.

그래서 제가 이번 생일에 받고 싶은 건 새 이름이에요.

강덕구 말고 새 이름을 지어 주시면 저는 정말 잘할 수 있어요.

이름만 바꾸면 자신감도 올라가고, 친구들과 더 사이좋게 지내고, 또 민

주랑도 싸우지 않을게요.

다시 태어난 것처럼 새로운 인생을 살게요.

제발 생일 소원을 들어주세요.

제 평생소원이에요.

사랑해요!

엄마, 아빠의 예쁜 딸 덕구가 아니고 싶은 덕구 올림

PS. 아마도 10년 치 생일 선물이 될 거예요.

지금까지 100번도 넘게 편지를 읽었지만 혹시 실수가 있을까 봐 다시 읽었다.

바깥이 점점 어두워졌다.

저녁이 다가올수록 째깍째깍 시계 바늘이 움직이는 소리가 커졌다.

나는 편지를 들고 집 안을 빙빙 돌며 이리저리 왔다 갔다 했다.

얼마 뒤면 운명이 결정된다!

아빠와 민주가 떠드는 소리로 집 안이 시끌시끌하고, 부엌에서부터 고소한 냄새가 풍겼다.

드디어 저녁 식사 자리다.

가족이 모두 자리에 앉았을 때, 나는 떨리는 손으로 편지를 꺼내 무릎 위에 조심히 올려놓았다.

아무것도 모르는 앤이 "좋은 일이 일어날 거예요!"하며 편지 봉투 위에서 말하고 있었다.

준비는 끝났다.

아이스크림 케이크 위에는 열두 개의 알록달록한 초가 빛나고 있었다.

막 생일 축하 노래를 시작하려고 할 때였다.

"잠깐! 이거 먼저 보세요."

나는 급하게 외치며 편지를 부모님 앞에 내밀었다.

엄마와 아빠는 어리둥절한 표정이었다.

"에이~ 뭐 이런 걸 다 준비했어?"

아무래도 아빠가 편지를 감사 카드라고 착각했나 보다.

"아, 아니, 그게 아니라……."

나는 말을 더듬었다.

엄마와 아빠가 웃으며 봉투를 열어 편지를 펼쳤다.

뜨거운 촛불이 꺼지지 않아 초가 계속 타고 있었다.

나는 편지를 읽는 엄마, 아빠의 표정을 살피며 케이크 위에 촛농이 떨어질까 봐 신경을 곤두세웠다.

하얀 케이크 위에 똑똑 촛농이 떨어지고 내가 "어어~" 소리를 내며 초를 불고, 민주가 엄마, 아빠 얼굴 앞에 손을 휘휘 휘두를 때까지 부모님은 아무 말도 하지 않고 편지에 눈을 박고 있었다.

이것은 뭔가 좋지 않은 신호다.

나는 떨어진 촛농으로 색이 번진 케이크와 이상할 정도로 오래 이어지는 조용함 속에서 본능적으로 나쁜 예감이 머리털을 흔드는 것을 느꼈다.

까불대는 민주까지도 뭔가 잘못되었다는 것을 알아챘는지 입을 다물고 눈동자만 굴렸다.

그리고 다음은…… 잘 기억나지 않는다.

아이스크림 케이크가 끈적하게 녹고 먹지도 못한 미역국 위에 기름이 동동 떠다닐 때까지 긴 잔소리가 이어졌다.

길게 말했지만 결론은 안 된다는 소리였다.

엄마는 이름을 바꾼다고 인생이 바뀌는 것은 아니라고 했다.

아빠는 강덕구로 사는 지금 인생도 충분히 감사할 만한 일이라고 했다.

두 사람 다 내가 쓴 편지의 의미를 이해하지 못하고 있었다.

나는 말했다.

강덕구로 살면 이름 때문에 받는 스트레스를 평생 참아야 하고, 이름을 바꾸면 더 이상 그런 불행이 없을 테니 훨씬 행복해질 것이라고.

평생소원인데 그것도 못 해 주느냐고.

아무리 말해도 엄마, 아빠는 내 말을 듣지 않았다.

말이 벽에 부딪혀서 그대로 튕겨 나오는 것 같았다.

즐거운 생일날인데 생일 축하 노래 대신 싸우는 소리만 높아졌다.

나는 화가 났고 결국 편지를 쫙쫙 찢어 버렸다.

식탁과 바닥에 종이 쪼가리들이 힘없이 떨어졌다.

방문을 쾅 닫고 들어왔다.

열어 놓은 창문 때문에 놀랄 정도로 큰 소리를 내며 문이 닫혔다.

침대 위에 얼굴을 파묻자 참았던 눈물이 나왔다.

물감을 마구마구 섞어 버려 아무것도 알 수 없게 된 그림처럼 머리가 어지러웠다.

케이크 위에 녹아내린 촛농처럼 나도 흉하게 녹아내리는 것 같다.

귀가 웅웅 울리고 몸에 불이 붙은 것처럼 땀이 났다.

오늘 내 하루는 설렘과 기대로 가득 차 있었는데.

인생에는 좋은 예감이 틀리는 날도 있나 보다.

평생 꿈꾸던 소원이 어그러지자 절망이 더 컸다.

차라리 기대를 하지 말걸.

그랬다면 이렇게 실망하지도 않았을 텐데.

수도꼭지를 틀어 놓은 것처럼 눈물이 멈추지를 않는다.

벽을 보고 누워 몸을 웅크렸다.

베개가 눈물로 젖어 금세 축축해졌다.

그러다가 깜빡 잠이 들었다.

1시간이 흘렀을까, 2시간이 흘렀을까?

온몸의 물이 눈물, 콧물로 다 빠져나간 것 같다.

입안이 까끌까끌하고 목이 엄청나게 말라서 조용히 방문을 열고 어둑어둑한 집 안을 둘러보았다.

난장판이 되었던 부엌은 아무 일도 없었던 것처럼 깨끗하다.

어두운 집이 다른 곳인 것처럼 낯설게 느껴진다.

그때, 열린 방문 틈으로 엄마 목소리가 들려왔다.

가까이 가 볼까?

아니야. 나는 지금 엄청나게 상처받은 상태니까 앞으로는 아무하고도 이야기하지 않을 거야.

엄마는 물론이고 아빠, 민주까지 우리 집에서 나를 이해하는 사람은 아무도 없다.

다들 내 억울함을 알고 잘못했다고 사과하기 전까지는 한마디도 안 할 거야.

마음을 다잡으며 물을 마시고 방으로 들어가려는데 멈칫했다.

대화 중간에 끼어 있는 내 이름이 발걸음을 잡아당겼다.

나는 고민하다가 안방 문에 가까이 가 귀를 댔다.

무슨 이야기를 하고 있지?

3. 10만 원에 좋은 이름 가져가세요!

불 켜진 안방에서 전화하는 엄마 목소리가 들렸다.

"여보세요, 아버님. 잘 계시죠? 별일은 아니고요. 덕구가 요즘 일이 좀…… 네, 이름 때문예요. 그래서 저희가 좀 생각해 봤어요. 아버님만 허락해 주시면 ……할까 해서요. 그럼요. 이름이 안 좋다는 게 아니라……."

엄마는 중간중간 말을 다 끝내지 못하고 쩔쩔매고 있었다.

전화기 건너편에서 할아버지가 고함치는 소리가 들리는 것 같았다.

고슴도치처럼 뾰족한 할아버지 수염이 위아래로 왔다 갔다 하면서 움직이는 모습이 머릿속에 자동으로 그려졌다.

나는 소리를 따라 조금 더 가까이 다가갔다.

이번에는 가라앉은 아빠 목소리가 이어졌다.

엄마가 아빠에게 전화기를 넘긴 모양이다.

"장손이 중요하단 거 알고, 미리 이름 지어 놓으신 것도 알죠. 그런데 어떡합니까. 그런다고 딸이 아들이 되는 것도 아니잖아요. 아니, 그게 아니라…… 예, 알겠습니다. 휴, 조만간 찾아뵐게요. 들어가세요."

장손은 뭐고 아들은 뭐지?

군데군데 조각이 빠진 말들이 날아와서 박힌다.

알 수 없는 말이 여러 마리의 거미가 되어 이리저리 거미줄을 치는 것 같다.

머릿속에서 생각이 마구마구 엉켰다.

전화를 끊고 엄마와 아빠가 소곤소곤 이야기를 했다.

두 사람 다 목소리가 무거웠다.

나는 인기척을 낼까 봐 살금살금 걸어 방으로 돌아왔다.

망쳐 버린 편지 소동에서 빠져나와 이제 내 신경은 수수께끼 같은 단어들을 조합하는 데 온통 쏠렸다.

장손, 아들, 딸, 그리고 이름.

잘은 몰라도 엄마, 아빠가 이름 이야기만 나오면 서둘러 대화를 끝내려는 이유가 할아버지와 장손 때문인 것 같았다.

장손은 할아버지 입에서 몇 번 등장했으나 내가 잘 모르는 단어다.

하지만 하나만은 확실하다.

할아버지는 내가 여자아이가 아니라 남자아이이기를 원했던 것이다.

그리고 손녀인 내가 마음에 들지 않는 것이 분명하다.

자꾸만 맛없는 젤리를 주는 것도, 잔소리를 늘어놓는 것도 내가 손자가 아니라 손녀여서다.

내가 원해서 여자아이로 태어난 것도 아닌데 볼 때마다 무섭게 혼내고, 돌아누워 쯧쯧 혀를 차던 할아버지의 모습이 떠올랐다.

할아버지도 기분이 좋지는 않을 것이다.

강덕구가 될 남자아이 자리에 내가 태어나 일이 꼬여 버렸을 테니까.

이제야 알았다.

내 이름에는 할아버지의 못마땅함과 엄마의 한숨, 아빠의 쩔쩔맴이 마구마구 섞여 있다는 걸.

그래도 정말 너무하다.

이름을 지어 놓고 무조건 그대로 살라는 법이 세상에 어디 있나?

아무리 그래도 나에게 한번이라도 물어보았어야 하는 것 아닌가?

나는 할아버지 몰래 이름을 바꿀 수만 있다면 뭐든 다 할 것이다.

요정이든 마법사든 누구라도 나타나 도와주면 얼마나 좋을까.

세상에 이렇게 불쌍한 초등학생이 고통받는데 왜 다들 모른 척하고 있느냐 말이다.

하나님, 부처님, 예수님, 해리포터, 팅커벨, 지니…….

머릿속에 퐁퐁 나타나는 상상을 따라가느라, 이랬다 저랬다 하는 마음을 따라잡느라 머리가 핑핑 돌고 잠이 잘 안 왔다.

눈알이 툭 빠질 것처럼 뻑뻑했다.

이불을 만지작대며 눈에 힘을 주고 있다가 문득 깨달았다.

더 이상 밖이 어둡지 않다!

어느새 어둠이 비실비실 물러가고 하늘이 밝아 오고 있었다.

이럴 수가, 처음으로 밤을 샜다!

이대로는 안 되겠다는 생각이 들었다.

어른들이 안 된다고 하면 나 혼자서라도 새 이름을 가지고 말 테다.

강덕구로 사는 삶은 초등학교에서 끝내야 한다.

나중에 중학교에 가면 교복을 입고, 그 위에 이름표를 달 텐데 거기에서까지 못생긴 이름으로 살 수는 없다.

나는 꼭 새 이름이 박힌 이름표를 달고 싶다.

엄마는 어젯밤 할아버지와 한 통화에서 분명 내 이름을 어떻게 한다고 했다.

분위기를 볼 때, 그 말은 뭔가 이름을 바꿀 방법이 있다는 뜻이다.

소원 편지가 실패한 이유는 할아버지의 고집 때문이다.

엄마, 아빠에게 했던 부탁이 힘없이 꺾인 이유가 있었다.

할아버지에게 막혔으니 이제부터는 다른 사람에게 부탁하지 말고 스스로 방법을 찾아야 한다.

상상도 못 할 방법을 써서 새 이름을 짓고, 내 힘으로 이름을 얻어 할아버지 앞에 내밀 것이다.

마음을 다잡으며 생각하다가 겨우 1시간 정도 잠을 잤다.

일어나니 눈은 퉁퉁 붓고, 얼굴은 찐빵처럼 푸짐하게 부풀어 있었다.

나는 말없이 옷을 입고 가방을 싸서 빠르게 현관까지 걸어갔다.

아빠는 뭐라고 하려다 말을 멈추고, 엄마는 후유~ 한숨을 쉬었다.

"덕구야! 아침은 먹고 가야지!"

닫힌 문 사이로 미처 따라오지 못한 말꼬리가 싹둑 잘렸다.

나는 탁탁 발바닥에 힘을 주며 학교로 향했다.

사회 시간, 선생님이 태블릿을 나누어 주셨다.

제한 시간 안에 사회 문제를 조사해서 해결 방법을 찾고 모둠원들과 발표해야 한다.

나는 한숨을 푹푹 쉬며 인터넷 세상을 헤매고 있었다.

도무지 뭐가 눈에 안 들어왔기 때문이다.

잠깐, 반짝반짝 깜빡이는 저것은 뭐지?

10만 원에 좋은 이름 가져가세요!
이름 바꾸고 운명이 달라졌습니다.

와, 이게 뭐야! 이름을 가져가라고?

노란색 바탕에 빨간색, 검은색으로 정신없이 바뀌는 글씨는 분명히 그렇게 말하고 있었다.

통통 불어서 무겁던 눈이 단번에 2.5배 정도 커졌다.

심장이 쿵쿵 뛰었다.

나는 떨리는 손으로 광고를 클릭했다.

야이야야~ 내 이름이 어때서~ ♬

개명하기 딱 좋은 나인데~

헉! 소리가 너무 컸다!

화면 속에서 한복 입은 할머니가 양 볼에 빨간 점을 찍고 양손에 부채를 들고서 덩실덩실 몸을 흔들며 춤을 추고 있었다.

옆 모둠까지 다 들릴 만큼 노래 소리가 우렁찼다.

놀라서 광고를 끄려고 했는데 종료 버튼이 어디 있는지 보이지 않았다.

아, 제발, 빨리!

당황해서 손이 버벅댔다.

"쌤! 강덕구 딴 거 봐요!"

저 자식이 또! 첫날부터 시비를 걸었던 안도운이 선생님을 향해 고자질했다.

매일 심심하다며 내 이름을 비웃고, '더덕구이'라는 별명을 지어 놀리고 다니는 놈이다.

쟤는 이름처럼 정말 내 인생에 하나도 도움이 안 된다.

"너나 잘해~ 잘못 켜진 거거든? 지는 맨날 게임하면서!"

30초가 지나자 광고 건너뛰기 버튼이 나타났고, 나는 큰 소리로 안도운을 몰아세우며 후다닥 창을 껐다.

우리 모둠이 시끄러워지자 다른 아이들을 도와주던 선생님이 휙 돌아보았다.

3초간 레이저 같은 의심의 눈초리를 쏘던 선생님은 다시 뒤를 돌았다.

그리고 친구들에게 하던 설명을 계속했다.

지루한 수업이 이어졌고 남자아이들은 옆에서 계속 깐족대며 신경을 건드렸지만, 나는 온통 광고 생각뿐이었다.

머릿속에 그 노래가 떠나지 않고 맴돌았다.

야이야야~ 내 이름이 어때서~ 🎵

이름만 바꿔 준다면 노래에 맞추어 전교생 앞에서 부채춤을 추라고 해도 얼마든지 할 수 있을 것 같았다.

그날 밤 나는 이불을 덮어 새어 나오는 핸드폰 불빛을 숨기고 밤새 검색을 했다.

그리고 알아냈다. 새 이름을 얻을 방법을!

광고에서 보았던 그곳은 작명소였다.

작명소는 한마디로 이름 지어 주는 가게다.

태어날 아기 이름을 짓거나 이름이 마음에 들지 않는 사람들이 찾아가면 돈을 받고 이름을 지어 준다고 했다.

그동안 왜 검색할 생각을 못 했지?

친구들의 도움으로 찾아낸 소원 편지라는 문 앞에는 거대한 바위 덩어리가 놓였지만 나는 또다시 새로운 문을 찾아냈다.

이번에는 내 힘으로 찾았다.

하늘이 무너져도 솟아날 구멍은 있다더니, 나는 침대에 누워 신나게 발을 굴렀다.

아무도 없었다면 "꺄아아악~" 하고 즐거운 비명을 질렀을 텐데 다른 사람들이 깰까 봐 소리를 줄였다.

나는 지도 앱에 '작명소'를 입력했다.

다행히도 몇 군데가 떴는데 보살, 동자, 택일, 관상 같은 모르는 단어가 가득했다.

익숙하지 않은 낱말이다.

그러다 TV에서 보았던 고민 상담 프로그램이 떠올랐다.

한복을 입고 볼에 빨간 점을 찍은 보살이 사람들의 고민을 듣고 조언해 주는 모습이 생각났다.

보살의 말을 들은 손님들은 하나같이 감동의 눈물을 흘리고 고마워했는데 대단한 사람인 것 같기는 했다.

그래, 나도 작명소에 있는 보살을 찾아가면 되지 않을까?

강덕구보다 더 대단한 이름을 받아 가면 철벽같은 할아버지가 마음을 돌릴 수도 있다.

어른들이 뭐라고 하면 돈을 아주아주 많이 냈으니 바꿀 수 없다고 둘러대면 된다.

가게에 가서 새 이름을 받고, 이미 이름을 얻었으니 이제부터 새 이름으로 살겠다고 큰소리치면 엄마, 아빠도 어쩌지 못할 것이다.

헉, 나 완전 천재 아니야?

그런데 잠깐, 돈?

10만 원에 좋은 이름 가져가세요!

갑자기 광고 속 글씨가 퍼뜩 떠올랐다.

그러고 보니 이름만 생각하느라 돈은 생각을 못 했다.

지금 받는 용돈으로는 10만 원은커녕, 5만 원도 무리다.

나는 벌떡 일어나 저금통과 지갑을 뒤적였다.

아무리 털어도 1000원 세 장과 동전 일곱 개뿐이다.

작명소까지 찾아갈 방법도 막막하다.

한 번도 가 본 적 없는 곳을 지도만 보고 찾을 수 있을까?

혼자 갔다가 누가 잡아가면 어쩌지?

혹시 돈을 냈는데 이름을 못 바꿔 준다고 하면?

아니, 일단 돈을 모을 수 있을까?

희망으로 둥실둥실 떠올랐던 마음이 바람 빠진 것처럼 가라앉고,

걱정으로 가득 차 무거웠다.

눈꺼풀도 점점 무겁게 내려앉았다.

나는 그대로 잠들었다.

"덕구야~ 얼른 일어나야지. 까딱하면 지각이야!"

아침이 되자 아빠가 얼른 나오라며 재촉했다.

뭉그적대며 앉은 식탁에는 정적이 감돌았다.

아빠는 눈치를 보며 농담을 던졌다.

"우리 덕구, 바나나 먹으면 아빠한테 반하나?"

"풉!"

민주가 웃음을 참느라 볼을 빵빵하게 부풀렸다.

두 사람은 눈을 맞추며 작게 킥킥거렸다.

아, 웃으면 안 돼.

입술이 씰룩거렸지만 애써 담담한 척했다.

"덕구야, 많이 속상했지? 엄마가 할아버지께 덕구 이름이 고민이
라고 말씀 드렸어. 할아버지도 이야기 듣더니 이름 바꾸는 거 한번
생각해 보신대. 그러니까 조금만 참아."

"웃기네. 그럴 일은 내가 죽었다 깨어나도 없을 것 같은데."

엄마가 거짓말을 한다.

어제 할아버지는 분명히 안 된다고 했는데 이번에도 대충 나를 달
래서 넘어가려는 속셈이다.

"그래, 네 마음 알지. 그래서 엄마, 아빠가 계속 미안하다고 하잖아."

"미안하면 할아버지가 똥고집 부릴 때 끝까지 말렸어야지."

"…… 너 진짜! 어제부터 왜 그러니!"

"네네, 됐어요. 그냥 내가 문제지, 그치? 사실 엄마도 할아버지랑 똑같았던 거 아냐? 차라리 나 말고 다른 애를 낳지 그랬어. 그래야 엄마도 편하고 할아버지도 편할 텐데. 괜히 나 같은 게 태어나 가지고."

"강덕구!"

입에서 말이 막 나왔다.

화살 같이 쏟아지는 말을 참을 수 없었다.

배신감이 들었기 때문이다.

나는 지금까지 막 나가는 할아버지와 엄마, 아빠는 다르다고 생각했다.

내 이름이 강덕구가 된 것도 할아버지의 똥고집 때문이지, 엄마랑 아빠 때문은 아니라고 믿었다.

그런데 이제는 엄마, 아빠도 할아버지랑 같은 편인 것 같다.

어른들끼리 짜고 나를 속이는 것 아닐까?

가족이 밉다. 너무너무 밉다.

엄마가 이마를 짚었다.

한숨 쉬며 이마 짚기는 엄마가 말도 못할 정도로 화가 나면 하는 행동 1단계다.

그다음은 숨 고르기.

엄마의 어깨가 크게 오르락내리락했다.

우리가 작은 잘못을 했을 때, 엄마는 잔소리하거나 화를 낸다.

그런데 예의 없는 내 말을 듣고도 엄마가 조용한 것은 지금 화를 참고 있다는 뜻이다.

여기에서 내가 한 번 더 불씨를 던지면 엄마는 참지 않고 분노의 화산을 터뜨릴 것이다.

아빠가 화재 진압을 위해 재빨리 나섰다.

"자자, 덕구, 너 그만해. 얼른 학교 가. 민주는 얼른 밥 먹고."

나는 숟가락을 놓고 번개처럼 집 안을 빠져나왔다.

눈물이 쏟아질 것 같아서 엘리베이터 대신 계단으로 방향을 틀었다.

두 칸씩 계단을 뛰어 내려가자 심장이 세차게 펄떡였다.

후욱후욱~ 숨을 고르기 위해 고개를 들다 우연히 창밖을 보았다.

아침부터 엄마 손을 꼭 잡고 어린이집을 가는 아이, 배낭을 메고 여행을 떠나는 할아버지와 할머니, 사랑이 넘치는 신혼부부와 산책 나온 강아지······.

즐겁고 소란스러운 풍경이다.

세상은 애니메이션인데 나만 재난 영화 속에 있는 것 같다.

대체 왜 이러지?

서운함과 억울함은 완전히 풀리지 않았고, 할아버지를 향한 미움은 더 커졌다.

한편으로는 내가 쏟아 낸 못된 말들이 당황스러웠다.

그러려고 한 것이 아닌데 지금 보니 왜 그렇게 심하게 말했는지 모르겠다.

이번에는 엄마가 이마를 짚는 장면이 계속해서 반복 재생되었다.

엄마는 화가 난 것 같기도 하고, 울 것처럼 슬퍼 보이기도 했다.

세상이 가혹한 것인지 내가 이기적인 것인지 도무지 답이 안 나왔다.

"후유⋯⋯."

길게 숨을 뱉으며 터벅터벅 계단을 내려왔다.

나는 아파트에서 빠져나와 발목을 탈탈 털었다.

아, 학교 가기 싫다.

평소에는 아파트 근처 상가를 지나는 빠른 길로 등교하지만 오늘은 공원을 가로지르는 길을 골랐다.

아파트 옆으로 돌아가야 해서 시간이 좀 더 걸리지만 마음을 달래기에는 딱이다.

따뜻한 햇살을 받으며 풀과 나무가 만들어 주는 시원한 그늘을 지나니 기분이 나아졌다.

생각을 털어 내듯이 팔을 크게 휘둘러 손끝에 엉기는 거미줄을 떼어 냈다.

오늘 따라 학교는 왜 이렇게 가깝지?

학교에 도착해서 친구들이 내는 소음 속에 있으니 그나마 살 것 같았다.

마음이 시끄러울 때는 혼자 있으면 안 된다.

차라리 사람들 틈에 섞여 있는 것이 낫다.

지우가 실패한 생일 편지 이야기를 듣더니 내 어깨를 토닥이며 물었다.

"괜찮아? 그럼 이제 어떻게 하려고?"

"나도 모르겠어. 오늘 아침에도 엄마랑 또 싸웠어. 답이 없어, 진짜."

그리고 나는 더 이상 말할 수가 없었다.

지우에게는 뭐든 다 털어놓았었는데, 이번에는 왠지 말이 잘 안 나왔다.

이름을 바꾸러 갈 것이라고, 그러니 같이 가 달라고 하는 것은 완전 무리다.

지금처럼 이야기를 들어 주는 것과 어딘지도 모르는 곳을 찾아서 같이 돌아다니는 것은 다르다.

고학년이 되고 늘어난 학원과 숙제로 힘들어 하는 지우에게 이런 것까지 부탁할 수는 없다.

그렇다면 일단 같이 갈 사람을 모아야 한다.

아는 얼굴을 떠올렸다.

당연히 우리 가족은 제외다.

아쉽지만 친구들도 빼야 한다.

나처럼 새 이름을 원하는 사람이 제일 적당하다.

가까이 살면 좋지만 어른은 안 된다.

어떤 식으로든 엄마, 아빠에게 계획이 새어 나갈 가능성이 크니까.

우리 학교 학생이면서 이름을 바꾸고 싶어 하고 비밀을 잘 지킬 수 있는 사람, 서로 목적만 달성하고 깔끔하게 헤어질 수 있는 쿨한 성격이면 더 좋다.

나는 혼자만 보는 공책에다가 이렇게 적었다.

나는 이제부터 아주 긴 여행을 해야 한다.

새 이름을 찾는 게 내 여행의 목표다.

목적지는 작명소다.

그리고 나에게는 함께 가 줄 사람이 필요하다.

사람을 모아야 한다.

그런데 어떻게 모으지?

맞다, 익명 대화방!

이름을 밝히지 않고도 메시지를 주고받을 수 있는 익명 대화방이 떠올랐다.

💬 한울초 다니는 사람만, 참가비 5000원, 새 이름 필요하신 분, 익명

참여 조건에 참가비를 적은 것은 아무나 들어오는 것을 막기 위해서다.

진짜 받을 수 있을지는 모르겠지만 돈을 내야 한다고 적어 놓으면 꼭 필요한 사람만 들어올 것이다.

나는 대화방을 열고 공지사항을 적었다.

💬 1. 이름 바꿔 드립니다.

2. 참가비 내야 합니다.

3. 비밀 유지 필수입니다.

긴장되는 마음으로 누군가 들어오기를 기다렸다.

핸드폰 잠금을 풀었다 하면서 기다렸지만 대화방은 잠잠했다.

지잉~ 하는 진동에 퍼뜩 고개를 들었는데 오늘은 학원에 가지 말고 빨리 들어오라는 메시지가 와 있었다.

보낸 사람은 엄마.

마음이 무거웠다.

"언니~"

방과 후 활동이 끝났는지 민주가 교실 뒷문을 열고 나를 불렀다.

가방을 챙겨 일어났다.

집에 가는 길이 왜 이리 가까울까.

길이 고무줄처럼 길게 늘어나서 영원히 도착하지 않았으면 좋겠다고 생각했다.

공원을 통과하는 동안 민주는 엄마가 얼마나 화가 났는지 아빠도 말을 못 붙일 정도였다고 떠들어 댔다.

그런 것쯤은 나도 알고 있으니까 입 좀 다물라고 대꾸하려다 그냥 한숨을 쉬었다.

민주는 고개를 절레절레 흔들더니 "으이구, 나 먼저 간다~" 하고서는 앞장서 뛰어갔다.

그래, 너는 머릿속이 텅텅 비어서 좋겠다.

이름 때문에 고민할 일도 없고, 싸울 일도 없으니까.

다시 불쑥 서운한 마음이 찾아왔다.

생일 소원을 들어주지 않은 것도, 할아버지 뜻에 따라 이름을 지은 것도, 그래 놓고 이름을 싫어하지 말라고, 할아버지를 싫어하면 안 된다고 한 것도 모두 엄마다.

나는 이름이 싫다고, 이름을 바꿔 달라고 100번도 1000번도 넘게 말했지만 엄마는 항상 어쩔 수 없다고 한다.

그러면서 이름이 이상한 것이 아니라 이름을 놀리는 아이들이 이상한 것이라고, '강덕구'라는 이름도 할아버지가 아주 공들여 지은 이름이니 소중하다고 잔소리하지만 그래 봤자 아무 소용없다.

이름을 놀리는 아이들도 그대로고, 짜증이 나는 내 인생도 그대로 이기 때문이다.

그리고 이제는 모든 것이 내 탓이라고 한다.

멀쩡한 이름을 싫어하고, 뭐든지 이름 때문이라고 불평하는 내 탓.

엄마는 내가 문제라고 했고, 나는 이름이 문제라고 했다.

우리는 서로를 이해하지 못한다.

그렇게 모든 싸움이 제대로 풀리지 않고 쌓인 결과가 바로 오늘 아침의 폭발이다.

공원을 빙빙 도는데 문자가 쏟아졌다.

빨리 들어오라는 엄마의 말에 한숨이 저절로 나왔다.

어차피 좋은 말을 할 것도 아니면서.

나는 입을 삐죽댔다.

힘이 빠졌다.

띵동 ♩

그리고 평소처럼 집으로 향하던 6월의 어느 날, 알림이 울렸다.

비슷한 하루하루가 흘러 대화방을 까먹고 있을 만큼 시간이 지난 뒤였다.

새로운 회원이 입장했다는 알림이 뜨자 금세 기억났다.

나는 재빨리 메신저를 켰다.

누구야? 누가 들어왔지?

대화방을 열자 보인 아이디는 '평범한 인간'.

약간 이상하고 조금은 웃긴 닉네임이다.

그렇지만 닉네임이 훨씬 낫다.

나는 진짜 이름을 안 써서 다행이라고 생각하며 평범한 인간에게 인사를 건넸다.

💬 **나**		안녕하세요
🗨 **평범한 인간**		ㄴㄱ
💬 **나**		네?
🗨 **평범한 인간**		누구냐고

뭐야, 다짜고짜 반말.

평범한 인간이 아니라 아주 예의를 밥 말아 드신 인간이네.

몇 살이냐고 답장을 하려다 손가락을 멈추었다.

만만하게 보이면 안 되지만 함께 이름을 바꾸겠다고 들어온 유일한 사람이다.

동료가 될 수도 있으니 일단 친절하게 이야기하자.

💬 **나**	저는 닉네임 보다시피 꾸꾸고요.
	이름 바꾸려고 하는데 같이 갈 사람이 필요해요.

님도 동의하시면 같이 방법을 찾아봐요.

그리고 나이도 모르는데 반말하지 마시고요.

좋아, 이 정도면 적당해.

답변을 하고 나서 핸드폰을 넣고 현관문을 열었다.

거실에 앉아 있던 엄마가 엉거주춤 일어났다.

"강덕구, 너 엄마랑 이야기 좀 하자."

"……."

"덕구야, 너 5학년 되더니 왜 그러니? 학교 다녀오면 방문 닫고 이야기도 안 하려고 하고, 뭐 좀 물어보면 모른다고 하고."

"이름 때문이라고 말했잖아."

"그건 엄마가 여러 번 설명했잖아. 모든 게 다 이름 때문이야?"

"몰라. 그런가 보지."

"자꾸 그러면 엄마도 힘들어. 그냥 좀 이해하면 안 돼?"

"어떻게 이해해! 왜 나한테만 이해하래!"

"강덕구, 너 자꾸 그렇게 버릇없이 굴래? 이리 와! 압수해야겠어."

엄마가 가방을 뒤적이다 바지 뒷주머니에 넣어 두었던 핸드폰을 낚아챘다.

나는 꽥 소리를 질렀다.

"아, 폰은 왜!"

답장 확인해야 하는데, 누군지 더 알아보아야 하는데!

"아, 엄마, 핸드폰은 안 돼. 내가 잘못했어."

"이거 봐, 사용 시간도 넘겼네. 엄마가 제일 싫어하는 게 뭐랬지?"

"규칙 어기는 거."

"그래. 이건 한 달 동안 압수야. 너 하는 거 봐서 잘하면 다시 줄게."

망했다.

엄마 손에 있던 핸드폰은 작별 인사를 고하듯 까맣게 꺼졌다.

대화방을 안 걸려서 그나마 다행이었지만 망했다는 생각만 들었다.

엄마는 그냥 내가 싫은 것인지도 모른다.

할아버지처럼 내가 아들이 아니라 딸이어서 마음에 안 들 수도 있다.

이렇게 싸울 때마다 마음 깊은 곳에 묻혀 있던 질문이 고개를 든다.

엄마가 나를 사랑하기는 할까? 내가 딸이라서 싫을까? 그래서 이름을 이렇게 지었나? 세상에 나를 사랑하는 사람이 있기는 할까?

나는 방으로 들어왔다.

핸드폰을 뺏기고 나니 정말 인생을 다 잃어버린 기분이다.

강덕구, 생각을 해야 해.

이대로 다 망쳐 버릴 수는 없어.

컴퓨터라도 써야 하나?

그렇지만 컴퓨터를 쓸 때는 매번 허락을 받아야 하는데다 뭘 하는지 숨길 수가 없어서 너무 위험하다.

다른 방법이 없을까.

겨우 세운 모래성이 또다시 와르르 무너지는 기분이다.

울고 싶은데 눈물도 안 나온다.

"언니~"

멍하니 누워 있는데 민주가 눈치를 보며 방문을 열었다.

바깥에서 신나게 놀다 왔는지 볼이 빨갰다.

"언니, 괜찮아?"

민주는 내 표정을 살핀 뒤 괜찮냐고 물었다.

그래도 요즘에는 눈치가 조금씩 생기고 있나 보다.

나는 과장을 약간 섞고 하소연을 조금 더해 엄마와 있었던 일을
설명했다.

"그럼 핸드폰 뺏겼어?"

"어, 엄마가 가져갔어. 압수래."

"그럼 내 핸드폰 잠깐 쓸래?"

"진짜? 진짜로?"

"응~ 언니 쓰고 싶은 만큼 써~ 근데 내가 달라고 하면 줘야 돼."

"민주야, 고마워. 진짜 이 은혜는 잊지 않을게. 천년만년 기억할
게. 내 동생은 진짜 천사야."

"크크, 그러니까 내 말 잘 들어~"

"알겠어~ 언니가 당연히 니 말 잘 들어야지."

민주가 선뜻 핸드폰을 건넸다.

나는 핸드폰을 켜 메신저에 로그인하고 곧장 대화창에 접속했다.

평범한 인간에게서 "아, 죄송해요. 저 초4요. 저도 이름 바꾸고 싶어요."라고 답장이 와 있었다.

화면 속 메시지 아래 눈이 처진 이모티콘이 꾸벅꾸벅 허리를 굽혔다.

민주가 "그거 뭐야?" 하고 머리를 들이밀며 대화를 읽더니 "평범한 인간?" 하고 되물었다.

그리고 "어디서 많이 들어 봤는데⋯⋯. 얘 우리 반인 것 같은데?" 하며 덧붙였다.

"그게 뭔 소리야. 니네 반이라니?"

"우리 반에 말끝마다 평범한 인간, 평범한 인간 하는 애가 있거든. 걔 같은데?"

"진짜로? 뭐라도 물어볼까? 정체를 알아내야지."

"이름이 뭐래?"

"이름은 말 안 했어. 아직 닉네임만 알거든. 아! 그러고 보니 초4라고 하기는 했는데. 야, 그럼 진짜 너네 반일수도 있겠다!"

"언니, 뭐라고 보낼 거야?"

"남자인지 여자인지 물어볼까? 말투는 왠지 여자아이 같지 않냐? 이모티콘도 그렇고."

"이것만 보고 어떻게 알아~ 일단 물어봐!"

바쁘게 손가락을 놀리는데 아빠가 똑똑 문을 두드렸다.

"들어가도 되니?"

"아, 아니요! 우리 이제 나갈게요~"

"그래, 얼른 나와. 아빠가 맛있는 거 사 왔어~"

아빠가 방문을 열까 봐 후다닥 핸드폰을 끄고 민주에게 돌려주었다.

나는 쭈뼛쭈뼛 부엌으로 갔다.

식탁에는 모락모락 김이 나는 튀김과 떡볶이, 순대가 올라와 있었다.

쫄깃한 떡과 바삭바삭한 튀김을 꼭꼭 씹으면서 속이 채워지는 것을 느꼈다.

아빠는 가만히 음식을 덜어 주고, 빈 컵에 우유를 따라 줄 뿐 뭔가를 더 묻지는 않았다.

이럴 때는 묻지 않고 가만히 있어 주는 것이 더 고맙다.

나는 "잘 먹었습니다." 인사를 하고는 곧장 방으로 들어왔다.

후유~ 한숨이 나왔다.

4. ID 평범한 인간, 내 이름은 최고봉

_ 고봉

내 이름은 최고봉, ID는 평범한 인간이다.

그리고 나는 지금 꿀 같은 일요일에 나와 별이랑 공원을 돌아다니는 중이다.

'아씨, 괜히 왔나. 시간 낭비하는 거 아니야? 설마 새벽 2시는 아니겠지?'

분명히 2시 맞는데, 만나기로 한 사람은 코빼기도 보이지 않았다.

역시 온라인 세계를 너무 믿으면 안 되는 것인가. 집에 가야 하나?

20분을 그냥 날리게 되잖아.

집에 가기도 애매한데…….

에이, 모르겠다.

나는 주저앉아 부지런히 줄을 지어 움직이는 개미를 보며 어디에서 나와 어디로 들어가는지 추측했다.

주변 소리가 서서히 잦아들었다.

"야, 최고봉!"

멀리서 누군가 부르는 소리가 들렸다.

나는 개미에 꽂혀 있던 눈동자를 들어 소리 나는 곳을 찾아 주위를 둘러보았다.

"역시, 쟤 맞아, 언니!"

같은 반인 강민주가 큰 소리로 외치며 내 쪽으로 뛰어왔다.

시끄러워서 평소에는 피했던 아이다.

옆에는 안경을 덧씌우고 다리를 좀 더 길게 늘린 듯한 사람이 서 있었다.

뭐지, 쟤가 왜 왔지? 설마 강민주가 '꾸꾸'인가?

이상하다 싶었는데 강민주 옆에 있던 사람이 나에게 물었다.

"저, 혹시 평범한 인간?"

"네…… 제가…….."

"아, 안녕? 내가 꾸꾸야."

"야, 최고봉! 평범한 인간이 너였어? 역시! 언니, 내 예상이 맞았어!"

'꾸꾸'라고 자신을 소개한 사람은 강민주의 옆에 있었다.

익명 대화방에서 나와 이야기한 그 사람이었다.

서로 정체를 확인하자 분위기가 더 어색해졌다.

이런 상황에서는 어떻게 해야 하지?

얼굴도 모르는 사람과 혼자서 만난 것은 처음이다.

"야, 최고봉! 뭐 하냐? 이리로 와! 여기 앉아!"

먼저 앉은 두 사람이 웃으며 이야기하더니 강민주가 우렁차게 나를 불렀다.

나는 엉거주춤 벤치 끝에 앉았다.

사람들과 같이 앉는 것에 익숙하지 않다.

다른 아이와 같이 앉은 것이 언제였더라…….

사실 일요일에 공원에 나와 햇빛을 받은 것이 언제였는지도 잘 기억나지 않는다.

(숙제하기도 부족한데) 시간을 쪼개서 나온 것은 재미있을 것 같았기 때문이다.

공부가 싫은 것은 아니다.

나는 100점도 많이 받고, 상도 잘 받는 모범생이니까 어려운 것을 배울수록 더 좋다.

또 나중에 성공해야 하고, 시간을 허투루 쓰면 안 되니까 열심히 공부하는 편이다.

그런데 가끔은 정해진 대로 보내는 하루가 견딜 수 없을 만큼 지루하다.

복제된 것처럼 매일 똑같이 흐르는 시간이 시시해서 죽을 것 같다.

그래서 이름을 바꿔 준다는 글을 보았을 때는 엄청 궁금하고 호기심이 생겼다.

나도 항상 이름이 싫었기 때문에 더 그럴 수도 있다.

"야, 너 무슨 생각하냐? 인사해~"

"어엇, 안녕하세요."

나는 멍하니 있다 당황해서 바로 인사했다.

허리를 굽혀 꾸벅 고개를 숙이자 강민주가 '와하하' 하고 입을 크게 벌리며 웃음을 터뜨렸다.

"언니~ 쟤 봐."

얼굴이 후끈거렸다.

뭘 또 이상하게 했을까?

"안녕~ 이야기는 들었는데, 너 민주랑 같은 반이지? 나는 5학년이고, 여기 있는 민주의 언니야. 넌 그냥 누나라고 불러."

"어…… 네. 저는 한울초등학교 4학년 3반 23번 최고봉이라고 합니다."

어색한 자기소개가 끝났다.

"근데 누나는 이름이 뭐예요?"

"어? 나?"

너무 예의가 없었나?

엄마가 예의 없는 사람이 제일 별로라고 했는데.

"야, 고봉! 우리 언니는 이름 말하는 거 싫어해!"

"괜찮아, 민주야. 어차피 같이 이름 바꾸기로 했으니까. 나는 강덕구야."

"아, 그렇구나…… 덕구 누나."

괜히 물어보았나?

"너도 민주랑 같은 반이니까 그냥 편하게 말해. 궁금한 것 있으면 물어보고."

"아, 네! 그럼 지금 당장 뭘 하죠?"

"그거야 조사를 해야 하지 않을까?"

"무슨 조사요? 뭘 조사하는 거예요?"

"이름을 어디에 가서 바꿀지도 정해야 하고, 거기까지 가는 길도 상의해야 하고, 또 돈도 모아야 하고."

"그러면 목적지랑 가는 방법이랑 비용을 정하자는 말이죠? 그건 조사가 아니라 토의예요."

"오~ 그런가? 너 아는 게 많구나. 근데 저기, 어차피 민주 친구니까 그냥 반말해."

"네? 어…… 나중예요."

강민주는 물론이고, 덕구 누나도 그다지 믿을 만하지는 않다.

(이미 배웠을 텐데 조사와 토의의 차이점도 모르다니…….)

그렇지만 엄마, 아빠의 감시로 숨 막히던 내 인생에 드디어 비밀이 생겼다.

그것만으로도 이 이상한 이름 클럽의 가치는 충분하다.

이름을 바꾸어서 진짜로 평범한 인간이 되면 더 좋고.

누나는 작명소를 찾아보았다며 이것저것 설명했지만 전화번호나 주소 같은 정확한 정보는 몰랐다.

돈도 문제였다.

"언니! 우리 이름 정하자! 어디 간다며~ 그럼 우리도 탐험대 아냐?"

강민주는 딴짓하는 것 같더니 불쑥 끼어들었다.

이대로 가다가는 아무것도 못하지 않을까 싶어서 민주 말대로 이름부터 정하기로 했다.

"어떤 이름이 좋을까?"

"뉴네임클럽이요."

"야, 최고봉, 그건 너무 영어 아냐? 탐험대가 좋지. 딱 봐도 모험 같잖아~"

"민주야, 탐험대는 좀 유치하잖아. 너무 초딩스럽고."

"우리 초딩 맞거든? 아, 그냥 이름 탐험대 하자~ 어? 언니, 제발~ 강덕구 이름 바꾸기 대작전보다는 낫잖아~"

"야! 너 죽을래?"

티격태격하는 민주와 누나를 보고 있으니 피식 웃음이 터졌다.

둘 다 똑같이 유치해서 도토리 키재기 같은데 안경을 써서 그런지 누나가 민주보다 더 똑똑해 보이기는 했다.

"저기, 그러면 손 들어서 투표할까요?"

도무지 토의가 끝날 것 같지 않아 투표하자고 아이디어를 냈다.

두 사람이 얼른 내 쪽을 바라보며 고개를 끄덕였다.

왠지 중요한 사람이 된 것 같아 기분이 좋았다.

뿌듯하기도 했다.

"그러면 제가 이름 후보를 쓸게요. 그다음 제일 좋은 이름에 투표하면 돼요. 그 대신 자기 건 뽑으면 안 되고요."

"아, 뭐야~ 그런 게 어딨어!"

"다 자기가 낸 이름 뽑으면 1 대 1 대 1이니까 안 돼."

"아~ 듣고 보니 그렇네. 고봉이 너 진짜 똑똑하다."

칭찬을 들었다.

갑자기 양쪽 어깨가 으쓱 올라간 것 같다.

아무리 시험을 잘 보아도 이렇게 칭찬을 받은 적이 없어서 얼떨떨했다.

(우리 가족은 잘못한 것은 꼼꼼하게 찾아내면서 칭찬은 잘 안 한다.)

그렇지만 가족 말고는 나에게 관심을 가지는 사람이 별로 없다.

학교에서 왕따를 당하는 것은 아니지만 친구들도 나를 별로 좋아하지 않으니까 어쩔 수가 없다.

뭐, 나도 군이 친구를 만들어야겠다고 생각하지 않는다.

그런데 지금 내 옆에 있는 사람들은 뭐지?

아직 분류가 잘 안 된다.

"최고봉, 뭐 해~ 종이 꺼냈으면 얼른 적어!"

"아, 미안! 음, 첫 번째 후보는 뉴네임클럽, 두 번째 후보는 이름탐험대, 세 번째 후보는 강덕구와 아이들. 또 의견 있을까요?"

"저기, 강덕구와 아이들은 빼자."

"아, 네! 또 생각나는 거 말해 주세요."

"그리고 고봉아, 그냥 반말해. 반모 몰라? 반말 모드!"

누나가 웃으며 말했다.

"그럼 반말할게. 이제부터!"

어쩐지 말을 놓기가 어색했다.

"으으…… 투표고 뭐고 아이스크림 먹고 싶다. 너무 더워! 야, 우리 아이스크림 먹으러 갈래?"

"어?"

민주가 뜬금없이 아이스크림 이야기를 꺼냈다.

"야, 최고봉! 너는 무슨 맛이 제일 좋아?"

"나는 초록나라외계인 맛 좋아하는데."

"어? 애들아, 외계인클럽 어때? 우리 다 특이하니까."

"저는 좋아요! 아, 아니, 나는 좋아!"

"저기요, 나는 안 특이한데요~"

민주가 장난스럽게 답했다.

"그렇게 말하는 사람이 제일 특이하거든요~"

"언니 이름이 더 특이하거든요~"

"강민주, 죽을래?!"

두 사람이 다시 아옹다옹했다.

내 말을 듣고 누나가 아이디어를 냈다.

지금까지 나온 후보 중 제일 마음에 드는 이름이었다.

사실은 아니지만 왠지 외계인을 연구하는 과학자 모임처럼 들리는 것도 좋았다.

그래서 투표할 필요 없이 모임 이름이 정해졌다.

"아이스크림 먹으러 가자. 나 돈 가져왔어."

"아싸~ 고마워, 최고봉! 초록나라외계인 먹자!"

사겠다는 말은 아니었는데 민주가 넙죽 인사해서 얼떨결에 계산해 버렸다.

다른 사람한테 아이스크림을 사 주다니, 이런 적은 없었는데 내가 생각해도 참 신기하다.

거기다 가족도 아닌 사람들이랑 아이스크림을 먹는 것은 처음이다.

갑자기 친해진 민주와 덕구 누나가 정말로 먼 행성에서 불쑥 떨어진 외계인처럼 느껴졌다.

우리는 아이스크림을 다 먹고 헤어졌다.

나는 왠지 신이 나서 콧노래를 부르며 집에 왔다.

그런데 현관문을 열자마자 엄마의 잔소리가 날아들었다.

"최고봉, 숙제는 다 했어? 내일 과외 선생님 오시는 날인데 어딜 갔다 오는 거야!"

"저, 공원이요……."

즐거웠던 기분이 푹 가라앉았다.

"네가 지금 밖에 나갈 시간이 있니? 정신이 있는 거야, 없는 거야? 영어 숙제는 어쩌고? 했어, 안 했어?"

"친구 만나고 왔어요."

"친구……?"

"네, 친구요 친구. 숙제는 지금 얼른 할게요."

질문 공격이 더 이어지기 전에 방문을 닫고 들어왔다.

내 입에서 친구라는 말이 나오자 엄마 눈썹이 꿈틀했다.

티내지 않으려고 했지만 딱 봐도 놀란 표정이다.

그럴 만도 했다.

초대할 친구가 없어서 여태까지 생일 파티도 못 한 나인데 친구를 만나고 왔다니…….

그렇게 생각하니 아무렇지 않게 누나와 강민주를 '친구'라고 부른 것이 좀 신기했다.

아이스크림을 같이 떠먹은 것도 신기했다.

남의 숟가락이 닿아서 조금 찝찝했지만 민주가 눈을 크게 뜨고 감시하는 바람에 어쩔 수 없었다.

큰 통에 담아 같이 떠먹어야 맛있다나 어쨌다나…….

오늘 우리는 비밀에 쌓여 있던 서로의 정체를 알게 되었다.

분홍 숟가락으로 아이스크림을 먹으며 역할도 정했다.

5학년 강덕구는 리더, 4학년 최고봉은 브레인, 강민주는 탐험대장.

그리고 모임 이름은 외계인클럽.

내 인생에 한 번도 없었던 이상한 여름이 스리슬쩍 시작되고 있었다.

두 번째 모임은 학교 도서실, 어느새 땀이 나는 날씨가 되었다.

에어컨 바람이 시원하다는 핑계를 내세웠지만 민주는 내가 멤버들을 도서실로 부른 이유를 금방 눈치챘다.

"으이구, 너 또 잘난 척하려고 그러지?"

나는 못 들은 척하고 일주일 동안 읽은 책을 들이밀며 설명을 시작했다.

하고 싶은 말이 많아서 뭐부터 시작해야 할지 모르겠다.

"그거 알아? 옛날에 노비들은 성(姓)이 없었대. 그래서 그냥 막쇠, 점순이, 똘이 그런 이름으로 불렸고. 조선시대 왕들은 어릴 때는 아명으로 부르다가 왕이 되면 이름을 다시 얻었대. 아, 여기에서 아명은 왕이 어릴 때만 쓰는 이름이야. 그리고 그거 알아? 앞 글자만 따서 왕 이름을 쉽게 외울 수 있는데 태정태세문단세…… 이렇게! 조선의 1대 왕은 태조, 2대 왕은……."

"너 말 좀 그만해라, 좀. 침 튀어."

민주가 손으로 내 입을 막았다.

입에 올려진 짭짤한 손을 떼어 내니 황당한 얼굴로 나를 보는 두 사람의 얼굴이 보였다.

아직 많이 남았는데 왜 그러지?

조선시대 왕은 물론 세상에서 이름이 제일 긴 사람과 인디언이 이름 짓는 방식 등 온갖 TMI가 머릿속에서 꿈틀대고 있었다.

(아, 여기에서 TMI란 투머치 인포메이션. 한마디로 정보가 엄청 많다는 뜻이다.)

덕구 누나가 입술을 잘근대며 말했다.

"아니, 고봉아. 그거 말고 다른 건 없어? 지금 이름을 공부하는 게 아니잖아. 배우는 게 아니라 바꾸어야 된다니까!"

재빨리 머리를 굴렸지만 답이 안 나왔다.

나는 외계인클럽의 브레인인데 어떡하지?

"아! 좋은 생각이 있어!"

그러다 번뜩 머릿속 전구에 불이 들어왔다.

알아서 새 이름을 짓고 어른들한테는 작명소에서 지어 왔다고 뻥을 치는 것이다!

멀리까지 고생해서 갈 필요도 없고, 시간과 돈을 모두 아낄 수 있다.

이것이야말로 최고의 해결책이다!

내 말을 듣더니 덕구 누나가 말했다.

"그 방법은 내가 이미 시도해 보았어. 책 많이 읽었다고 자랑하더니만. 이래서 4학년은 안 돼."

"저기요, 언니! 지금 4학년이라고 무시하는 거?"

민주가 대답하며 누나를 노려보았다.

눈빛에서 찌릿 전기가 튀는 것 같다.

덕구 누나는 다시 큼큼 목을 가다듬었다.

"아니, 내가 무시하는 건 아니고. 내 말은 이거지. 우리가 이름을 마음대로 지은 다음에 거짓말하면 어른들은 금방 알아차릴 거야. 어떻게 아냐고? 딱 보면 알지. 나랑 민주가 밤 12시에 몰래 코코아 타

먹었을 때도 엄마는 3초 만에 알아챘고, 게임 현질하고 나서 모르고 핸드폰 잘못 눌렀다고 거짓말했을 때도 얼굴만 보고 알아챘어. 우리 엄마 경찰이라 이런 거 안 통해."

"맞아, 아빠면 몰라도. 우리 엄마 완전 탐정이야."

옆에서 민주가 거들었다.

알고 보니 민주네 엄마는 경찰이라고 했다.

"엄마가 경찰이야? 짱이다. 우리 부모님은 두 분 다 선생님인데. 엄마는 초등학교 선생님, 아빠는 고등학교 선생님."

"와~ 좋겠다! 난 우리 선생님 좋아."

그러고 보니 민주는 담임선생님을 엄청 좋아했다.

하루만 같이 살아 보면 그런 말이 안 나올 텐데.

다들 나의 고통을 하나도 모른다.

"무슨 소리야. 하나도 안 좋아. 엄마는 내가 조금이라도 딴짓하는 것 같으면 듣고 있냐고 화내고, 아빠는 엄마 편 들면서 이것저것 시키거든. 쉬는 날에는 좀 늦잠 자고 그랬으면 좋겠는데, 체험학습에 과학 경시대회에 밀린 숙제하고 검사받아야 해서 주말도 못 쉬어. 진짜 잔소리 폭탄들이야."

"아, 그건 좀 안 좋네."

엄마, 아빠 얼굴을 떠올리는 것만으로도 벌써 머리가 아프다.

차라리 책을 보는 것이 나을 정도다.

나는 쌓인 것을 토하듯 쉬지 않고 말했다.

어쩌다 보니 3대 독자라는 것까지 말해 버렸다.

(아, 여기에서 3대 독자는 우리 할아버지, 아빠, 나까지 모두 다 외동아들이라는 뜻이다.)

계속 떠들다 보니 얼굴이 뜨거워서 금방이라도 빵 터질 것 같았다.

"귀찮은 동생도 없고, 마음대로 하는 할아버지도 없고, 부모님이 둘 다 선생님이니까 편하고 좋을 거라고 생각했는데 너도 좋지만은 않네. 근데 고봉아, 예전부터 궁금했는데 넌 왜 이름을 바꾸고 싶은 거야? 최고봉, 그렇게 이상하지는 않은데."

"언니, 진심이야? 얘 이름 완전 이상한데."

민주가 정말 이해가 안 된다는 얼굴로 덧붙였다.

"그건…… 그냥요."

나는 강민주를 무시하고 대답했다.

그렇지만 왠지 솔직하게 말할 수 없었다.

"엥? 그런 답이 어딨어."

덕구 누나가 고개를 갸웃거렸다.

"누나는요?"

"그건 내가 말할 수 있지! 우리 언니야 보다시피 이름이 덕구여서 옛날부터 백구, 똥구라고 엄청 놀림받았거든. 그래서 언니가 이름 바꾸어 달라고 엄청 졸랐어~ 한 번도 성공한 적은 없지만."

민주가 끼어들어 말을 쏟아 냈다.

말을 가로채다니!

우리 집이었다면 당장 잔소리 폭탄이 날아왔을 것이다.

말하고 있는데 끊는 것은 엄청 예의 없는 행동이니까.

(아, 참고로 선생님들은 예의 없는 행동을 제일 싫어한다.)

하지만 덕구 누나는 아무렇지도 않다는 듯 웃으며 대답했다.

"강민주, 너 자꾸 끼어들래?"

"헤헤, 도와준 거라니까~"

"뭐, 민주 말대로야. 강아지 이름 같다고, 남자아이 이름 같다고 친구들이 엄청 놀려서 나는 내 이름을 싫어해. 할아버지가 억지로 지어서 마음에 들지도 않고. 딱 봐도 덕구는 이름이 좀 별로니까."

"그렇구나……."

나도 이름이 싫은 이유를 말하고 싶었지만 어쩐지 입이 떨어지지 않았다.

뭐라고 말하면 좋을까.

이미 배워서 알고 있는 정보를 꺼내는 것은 쉽다.

그런데 내 마음이 어떤지 알아내서 말로 이야기하려고 하면 머릿속이 온통 지직거리고, 에러가 나서 먹통이 된다.

사실 아무리 떠올려 보아도 이름에 좋은 기억이 별로 없다.

살면서 내 이름을 좋게 불러 준 사람도 그다지 없다.

덕구 누나는 친구들이 놀려서 싫다고 했지만 나는 반대다.

교실에서 내 이름은 거의 안 들린다.

나는 재미있어서 말했을 뿐인데 아이들은 재수 없다고 했고, 나는 궁금해서 질문했을 뿐인데 아이들은 아는 척해서 짜증 난다고 했다.

처음에는 울기도 하고 속상하기도 했는데, 세뇌하는 것처럼 괜찮다고 생각하니까 진짜로 점점 아무렇지 않았다.

안 보이는 척 안 들리는 척하면 힘들 일도 없다.

말을 거는 사람도 없고 부르는 사람도 없다.

"괜찮아. 말 안 해도 돼. 나도 다른 사람한테 이름 이야기하는 거 별로 좋아하지 않거든."

우물쭈물하고 있는데 덕구 누나가 어깨를 툭툭 두드렸다.

"맞아, 우리 언니는 강덕구라고 하면 맨날 엄청 화내! 완전 독재자야! 어떨 때는 엄마, 아빠한테도 이름 못 부르게 해!"

덕구 누나가 등짝을 때리려고 하니까 민주가 실실 웃으며 도망갔다.

그러다 결국 잡혀서 인디안밥을 당해 놓고도 히히거렸다.

이상한 사람만 모여서 그런지 외계인클럽 멤버들하고 있으면 마음이 편하다.

아무래도 외계인끼리는 통하는 것이 있나 보다.

"근데 우리 진짜 어쩌지? 어떻게 해야 할지 모르겠어. 작명소가 여러 곳이기는 한데 한 번도 가 본 적이 없어서."

아, 맞다!

어떻게 이름을 바꿀지 정하려고 모였는데 1시간 넘게 떠들기만 하고 아무것도 정하지 못했다.

민주가 불쑥 물었다.

"야, 너 돈 얼마나 있어?"

"응? 좀 있는데……."

"얼마?"

"그렇게 많지는 않고 15만 원쯤 있을 걸……."

"뭐어? 15만 원?! 님 부자세요?"

민주가 제자리에서 폴짝 뛰며 놀랐다.

"아니, 부자는 아니지만 과학 경시대회에서 금상 받아서 5만 원, 그리고 저번에 영어 학원 월말평가에서 1등해서 2만 원, 또 공부 잘하라고 이모가 3만 원, 그리고……."

"아, 그만그만! 어쨌든 너 돈 많은데?"

더 말하고 싶었는데 민주가 다시 입을 막으려고 했다.

나는 얌전히 입을 다물었다.

"내가 광고에서 보았는데 한 명 이름 바꾸는데 10만 원이랬어. 우리 그럼 5만 원만 더 있으면 바꿀 수 있겠는데? 아니다, 나한테 5000원 있으니까 4만 5000원만 더 모으면 끝나!"

그렇게 말하는 덕구 누나의 눈이 초롱초롱했다.

나는 돈이 전부 통장에 있어서 엄마 없이는 쓸 수 없다는 사실을 차마 말하지 못했다.

누나의 눈에 희망이 가득 차 있었기 때문이다.

"그럼 우리 일단 용돈을 최대한 많이 모으자. 금방 모을 수 있을 것 같아."

우리는 조용하고 비밀스럽게 돈 벌 계획을 세웠다.

    1. 용돈 모으기

    2. 시험

    3. 빈 병 줍기

먼저 덕구 누나가 일주일마다 받는 용돈 3000원을 모은다.

민주가 자기 용돈 2000원 중 1000원을 빌려 주겠다고 했으니 일주일에 4000원씩 모을 수 있다.

나는 이번 달 수학 단원평가와 논술 경시대회를 노리기로 했다.

수학 시험에서 100점을 받으면 1만 원이고, 논술 경시대회에서는 3등 안에 들어야 용돈을 받을 수 있다.

부족한 돈은 종이를 줍거나 빈 병을 모아 파는 것으로 해결하면 된다.

어디선가 빈 병을 모아 가게에 가져가면 얼마씩 돌려준다고 했던 것을 본 적이 있었다.

계획을 잘 짠 것 같아서 자신감이 차올랐다.

"벌써 3시네! 나 이제 가야 돼!"

한참 이야기하다 보니 시간이 금방 흘러가 버렸다.

큰일이다.

엄마 얼굴이 점점 구겨지고 있을 것이다.

시간을 잘 지키지 못하는 사람은 나중에 커서 다른 약속도 잘 지키지 못한다고 100번도 넘게 말하는 사람이 엄마다.

나는 허겁지겁 가방을 멨다.

"잘 가, 고봉~!"

두 사람이 손을 흔들며 인사했다.

나는 도서실 문을 열고 튀어나와 쏜살같이 계단을 뛰어 내려갔다. 땀나는 것은 질색이지만 이런 날은 어쩔 수 없다.

"엄마, 죄송해요. 제가 책 읽다가……."

"최고봉! 엄마가 뭐라고 했어? 시간 약속은 기본이야. 기본도 못 지키는 사람이 나중에 어떻게 큰일을 할래? 논술 늦었어. 옆에 빵 봉지 있으니까 얼른 꺼내서 먹어. 목 막히면 우유 마시고."

"네……."

차에 실려 가는 나는 도살장에 끌려가는 돼지가 된 것 같다.

아무것도 못 하게 하고 살을 포동포동 찌워서 나를 잡아먹으려는 것일까?

그런 것이 아니라면 엄마는 왜 자꾸 잔소리하면서 나를 괴롭힐까?

우리 엄마, 아빠는 나를 세상 어떤 아이보다 더 똑똑하고 대단하게 키우겠다고 작정한 사람들이다.

그렇지만 이렇게 억지로 끌려다닐 때마다 나는 세상에서 제일 멍청한 아이가 되어 버린다.

엄마, 아빠 말고도 나에게 기대를 거는 사람들이 더 있다.

할머니, 할아버지, 이모, 고모들…….

머릿속에 떠오르는 가족 얼굴들을 소보루빵과 같이 우물우물 씹으며 넘겼다.

이 사람도, 저 사람도 모두 부담스럽기는 마찬가지다.

빵이 목에 걸려 캑캑거렸다.

옆을 보니 신호를 기다리며 멈추어 선 시내버스가 보였다.

'61번 버스. 행복동 사거리 – 너희은행 – 한울아파트 정문 – 파랑동 주민센터 – 휘파람바위.'

버스 안에 있는 사람들도 익은 파김치처럼 생기가 없어 보였다.

어디에서 타서 어디로 가는 것일까.

저 사람들도 나랑 비슷하네.

조용히 한숨을 삼키며 생각했다.

5. 돈 모으기 프로젝트

우리는 주말 아침부터 모였다.

"자, 여기! 나 꽤 많이 모았어!"

고봉이가 가방 속에서 비닐봉지를 꺼냈다.

봉지 안에는 딸기잼 한 병과 과일주스 일곱 병이 들어 있었다.

"우와~ 짱인데, 최고봉!"

고봉이는 어깨를 으쓱하며 병을 모으려고 매일 주스를 마시느라 배가 터질 뻔했다고 우스갯소리를 했다.

"휴, 우리는 얼마 못 모았는데……."

민주가 옆에서 한숨지었다.

나와 민주는 병을 모으기 위해 일주일 전부터 분리수거 심부름을 맡았다.

쓰레기를 버리러 가기 전에는 엄마, 아빠 몰래 병만 꺼내 침대 밑에 넣어 두었다.

눈치 보며 모았지만 많이 모으지는 못했다.

내가 좋아하는 스파게티 소스 병, 엄마와 아빠가 마신 와인병, 금이 가서 버리려고 했던 꽃병 등 모아 놓고 보니 색깔도 크기도 모양도 다양했다.

우리는 커다란 장바구니에 병을 모아 담고 낑낑대며 슈퍼로 갔다.

"이거 다 팔면 얼마예요?"

주인아주머니가 황당하다는 표정으로 말했다.

"이게 다 뭐니? 애들아, 이런 병은 팔지도 못해~ 맥주병이나 소주병을 가지고 와야지. 그리고 우리는 열 개 묶음만 받으니 팔고 싶으면 더 모아 와라."

아주머니는 맥주병 위에 쓰인 130원 표시를 보여 주며 아무것도 모르는 우리에게 빈 병 모으는 법을 설명해 주셨다.

알고 보니 잼병이나 주스병 같은 다른 병은 팔 수 없고 맥주병이나 소주병만 팔 수 있다고 했다.

우리는 다시 빈 병을 싸 들고 터덜터덜 분리수거장으로 향했다.

"언니, 여기서 가져가면 되겠다!"

민주는 분리수거장에 쌓인 수많은 병을 가리키며 외쳤다.

왜 생각 못 했을까? 분리수거장에는 온 동네 사람들이 쓴 병이 모두 모여 있는데!

나는 민주와 함께 유리병을 뒤적거리기 시작했다.

엄청나게 많은 병이 섞여 있어 골라내기가 힘들었다.

"야, 최고봉? 넌 왜 안 해?"

"아, 그게 여기 좀 냄새 나서…… 나는 이런 거 못 만져."

민주가 눈을 세모로 뜨고 묻자 고봉이가 우물쭈물 대답했다.

민주가 "웃기시네~!" 하며 고봉이 손을 잡아 병을 휘저었다.

고봉이는 "으아악~!" 소리를 질렀지만 곧 포기하고 같이 맥주병, 소주병을 찾았다.

손이 끈적거리고 팔에 점점 힘이 빠져 갈 때쯤이었다.

"이놈들! 거기서 뭐 하냐!"

뒤에서 호랑이 같은 목소리가 들렸다.

우리는 너무 놀라서 그대로 멈추었다.

너무 무서워서 도망갈 생각도 하지 못했다.

"아니, 왜 병을 다 꺼내 놓았어! 이게 다 뭐 하는 짓이냐?"

머리는 새하얗고 얼굴은 까만 경비원 할아버지였다.

겁에 질린 고봉이가 더듬대며 입을 열었다.

"저는 최고봉인데 제가 이름을……. 아니, 안녕하세요. 그게 그러니까……."

"할아버지, 죄송해요. 저희가 숙제하다가 분리수거장에 뭘 좀 떨어뜨려서요. 되게 중요한 거라 절대 잃어버리면 안 되거든요. 찾느라고 그랬어요. 한번만 봐 주세요~"

민주가 술술 변명을 늘어놓았다.

이럴 때는 역시 민주의 끼어들기 능력이 최고다.

할아버지의 표정이 한결 부드러워졌다.

"아무리 그래도 경비실에 와서 허락을 받아야지. 다 정리해 놓은 걸 이렇게 난장판을 벌여 놓으면 어쩌누, 쯧!"

"할아버지, 저희가 다 치울게요!"

"맞아요. 저희가 원래대로 해 놓을게요."

"이러다 유리 깨지면 다쳐, 인석들아. 저리 가 있어라."

할아버지는 비켜 있으라고 했지만 우리는 그래도 할아버지를 도와드렸다.

기껏 찾은 병들이 제자리로 돌아가는 것은 아쉬웠지만 이런저런 이야기를 하다 보니 할아버지와 친해졌다.

고봉이가 병을 줍다 말고 엉거주춤 일어나 말했다.

"그런데 할아버지! 이름이 진짜 천칠봉이세요?"

관찰력이 좋은 고봉이가 질문했다.

그러고 보니 할아버지는 가슴에 이름표를 달고 있었다.

파란 이름표 위에는 '천칠봉'이라는 글자가 새겨져 있었다.

"이름이 꼭 산봉우리 같아요~ 짱 멋있어요!"

"허허, 그러냐? 내 이름이 좀 특이하기는 허지?"

고봉이의 칭찬에 할아버지가 처음으로 웃었다.

얼굴의 주름이 다 둥그렇게 휘어져 산신령 같았다.

"언니, 근데 봉우리가 뭐야?"

민주가 작은 목소리로 물었다.

"봉우리는 산꼭대기에 뾰족하게 솟은 곳을 말하는 거야."

대답하고 보니 할아버지 이름은 정말 신기했다.

나는 '천칠봉'이라는 이름의 뜻이 무엇일지, 할아버지가 어떤 사람일지 몹시 궁금했다.

한참 동안 병을 정리하고 나서 할아버지는 음료수나 먹고 가라며 우리를 초대했다.

경비실 문을 열자 쿰쿰한 냄새가 우리를 둘러쌌다.

오래된 박스의 눅눅한 종이 냄새와 지하실의 축축한 곰팡이 냄새가 먼지처럼 조용히 쌓여 있었다.

우리가 들어가자 경비실이 꽉 차서 새장처럼 갑갑했다.

"근데 여기 정말 덥다."

고봉이가 젖은 머리카락을 손수건으로 쓸어 넘겼다.

할아버지는 경비실 한쪽 구석에 있던 선풍기를 찾아 틀어 주셨다.

"에유, 덥지? 여기들 붙어서 바람 쐬거라."

"감사합니다~!"

"그래도 이제는 한숨 돌릴 시간이 있겠다."

"할아버지 많이 바쁘세요?"

나는 머리를 긁적이며 물었다.

그러고 보니 아파트에서 할아버지와 마주친 적이 별로 없다.

"아이고, 나야 보다시피 일하느라 바쁘지. 돌아다니면서 쓰레기

정리하고, 택배 맡아 두고 있다가 가져가라고 전화하고, 불법 주차하는 차들이 있는지 단속도 한단다. 화단이랑 놀이터도 관리하고, 지하실이며 수도관도 손보고, 아파트가 오래돼서 일이야 많지."

"힘드시겠네요. 그런데 언제부터 일하신 거예요?"

"사실 여기에서 일한 지는 얼마 안 됐어. 전에는 버스터미널에서 일했지. 예전에는 회사 다녔고. 은퇴하고 나서 여기저기 다니다가 경비원을 하기 시작했단다."

"근데 할아버지는 여기 살아요?"

민주가 눈을 반짝이며 물었다.

궁금한 것은 못 참는 탐정의 표정이다.

"에유, 이런 데서는 못 살지. 여기는 관리실이고 집은 따로 있어."

"할아버지 이름은 누가 지어 주셨어요?"

나는 무엇보다도 할아버지 이름이 가장 궁금했다.

"가만있자, 기억이 가물가물하다. 아마도 할아버지가 지어 주셨을 건데. '봉'자가 우리 집안 항렬자여서 형제들 이름도 다 '봉'으로 끝나. 그리고 내가 일곱째여서 앞에 '칠'이 붙었고~"

"우와~ 일곱째라니! 짱이다!"

형제가 많았던 할아버지는 고봉이 머리를 쓰다듬으며 어릴 적에 일찍 하늘나라로 간 남동생이 생각난다고 말씀하셨다.

"그런데 항렬자가 뭐예요? 처음 들었어요."

"항렬자는 같은 집안 친척들끼리 누가 위고, 아래인지, 누구 집 몇 대손인지 알려고 이름에 쓰는 글자야. 돌림자라고도 하고. 아들이랑 할아버지가 이름이 같으면 구분이 안 되니까 한 글자씩 정해서 이름에다 넣는 거지.”

“그럼 내 이름도 항렬자가 쓰인 건가?”

고봉이가 갸웃거렸다.

“저는 강덕구인데, 제 이름도 할아버지가 지었거든요. 태어나기 전부터 정해 놓으셨대요.”

“그러면 너희 집도 항렬자가 있을 거야. 옛날에는 자식들 이름에 항렬자를 많이 넣었지.”

“그래서 저는 제 이름이 싫어요. 할아버지는 이름이 마음에 드세요?”

“마음에 안 들어도 어쩌겠냐. 옛날에는 싫어도 말도 못 했지. 다 그렇게 받아들이고 사니까. 이름이 특이하고 성씨까지 얼마 없으니까 조금만 잘못해도 어른들이 금방 누구네 집 자식이다 기억하고 혼냈어. 친구들이랑 멱 감다가 배고파서 밭에서 수박 따서 먹고, 고구마 캐서 먹고 그러면은 무조건 내가 혼났어. 칠봉아, 이놈아~ 하면서 동네 어른들이 쫓아오면 그렇게 무서울 수가 없었지. 허허.”

“재미있어요. 할아버지~ 이름만 들어도 어느 집인지 알 수 있다니 진짜 신기해요!”

“그러냐. 나 태어난 곳은 작은 동네라 그랬지. 예전에는 이름 없는 사람도 얼마나 많았는데. 막 부르고 이름 없다고 무시도 당하고. 이름을 신경 써서 짓지도 않고 길순이, 옥순이, 개남이, 막동이 그렇게 지었어. 일제 강점기에는 멀쩡한 이름을 뺏기고, 일본 이름만 써야 됐지. 어릴 때는 싫었는데 지금은 이름을 누가 불러 주면 그렇게 좋을 수가 없어. 칠봉이, 칠봉이 그렇게 불러 주는 사람도 없고. 이제는 그냥 누구 아버지, 아저씨, 할아버지라고만 부르니까……."

"맞아요. 창씨개명을 했다고 했어요! 멀쩡한 이름도 일본식으로 다 바꾸고!"

고봉이는 신이 나서 영화며 책에서 본 내용을 설명하기 시작했다.

천칠봉, 천칠봉.

나는 할아버지 이름을 입 속에서 여러 번 굴려 보았다.

이름이 눈에 띄어 쉽게 기억되고 잊혀지지 않는다는 것은 할아버지 말처럼 좋기도 하고 나쁘기도 했다.

나이를 먹으면 이름을 불러 주는 사람이 없구나.

그건 좀 슬픈 일일 수 있겠다는 생각이 들었다.

할아버지 인생에는 이름처럼 여러 개의 봉우리가 있다고 했다.

힘든 시절을 참고 어려움을 넘고 넘으면서 이제껏 살아오신 분이었다.

"아저씨! 여기 좀 와 봐요!"

누군가 아파트를 쩌렁쩌렁 울릴 정도로 소리를 질렀다.

할아버지가 허둥지둥 일어났다.

"아이고, 내 정신 좀 봐. 시간이 벌써 이렇게 됐구나……."

"할아버지, 저희 이제 가 볼게요. 감사합니다."

"천칠봉 할아버지, 고맙습니다."

할아버지가 걱정되어 마음이 무거웠다.

할아버지의 정겨운 이름을 자주 듣기 힘든 것은 '천칠봉 씨' 하고 이름을 불러 주는 사람보다 무시하는 사람이 더 많기 때문일 것이다.

천칠봉 할아버지가 웃지 않고 있을 때는 심술 난 우리 할아버지처럼 보였다.

그런데 고향 이야기를 하거나 가족 이야기를 할 때는 전혀 다른 얼굴로 변했다.

우리 할아버지도 누군가가 이름을 불러 주면 칠봉 할아버지 같은 얼굴이 될까?

나도 할머니가 되면 '덕구'라는 이름을 들을 일이 없을까?

아무도 이름을 부르지 않는다면 어떤 기분일까?

할아버지 이름의 비밀은 알았지만 궁금한 것이 더 많이 생겼다.

"누나! 덕구 누나!"

"언니! 우리 음료수 사러 가자! 할아버지 드리자."

우리는 할아버지를 위해 시원한 음료수를 선물하기로 했다.

"할아버지가 뭘 좋아하실까? 1번은 오렌지 주스, 2번은 홍삼 음료수, 3번은 비타민C, 4번은……."

"최고봉! 우리 할아버지는 아이스커피 제일 좋아하거든! 그만하고 일단 슈퍼부터 가~"

나와 민주는 종알대는 고봉이와 함께 슈퍼로 향했다.

우리는 용돈을 모아 캔 커피 한 개와 시원한 얼음물 한 병을 샀다.

"누나! 나한테 네임펜이 있어."

고봉이 가방에는 없는 것이 없어 좋았고, 네임펜으로 할아버지 이름과 응원 메시지를 쓰자는 아이디어는 가방보다 더 좋았다.

우리는 메모지 위에 할아버지 이름을 크게 쓰고 감사 인사를 적었다.

천칠봉 할아버지, 감사합니다.
맛있게 드시고 힘내세요!

외계인클럽 덕구, 민주, 고봉 올림

민주가 글자 밑에 입을 크게 벌리고 웃는 얼굴의 할아버지를 그렸다.

메모지 위에 그려진 천칠봉 할아버지가 허허 웃으며 배웅해 주시는 것 같았다.

우리는 뿌듯한 마음으로 경비실을 나왔다.

"휴…… 돈이 왜 이렇게 안 모이지?"

나는 집에 와 용돈이 얼마나 있는지 확인하고 나니 한숨이 저절로 나왔다.

6월이 다 지나도록 열심히 모은 돈이 고작 1만 5000원뿐이었다.

그마저도 천칠봉 할아버지께 드릴 음료수를 사느라 얼마 남지 않았다.

여름 방학이 오기 전까지 돈을 모으는 것이 우리 목표였기 때문에 이러다 돈도 못 모으고 이름도 영영 못 바꿀까 봐 걱정이 되었다.

'다른 아파트에라도 가서 빈 병을 주워 볼까?'

다시 빈 병을 주울까 생각하다 고개를 절레절레 저었다.

이번에는 운이 좋았지만 다른 아파트에서 빈 병을 줍다 걸리면 어떻게 될지 모른다.

게다가 유리병은 무거워서 들고 다니기도 힘들다.

용돈을 모으는 것도 이제는 한계다.

처음 몇 번은 준비물이 필요하다는 핑계를 대서 용돈을 더 받았지만 엄마가 얼마 전부터 의심의 눈빛을 보내기 시작해서 괜히 눈치가 보였다.

이럴 때 하늘에서 돈이 뚝 떨어지면 얼마나 좋을까?

"언니~ 이거 가질래?"

"으악! 깜짝이야!"

책상 앞에 앉아 고민하고 있는데 돈 대신 다른 것이 툭 떨어졌다.

그런데 뭔가 이상했다.

바닥에 떨어진 것이 꼼짝도 하지 않았다.

장난감 거미였다.

"야! 강민주! 너 진짜 죽을래?"

"싫은데~ 안 죽을 건데~ 으이구! 또 속았대요~"

겁 많은 나와 달리 민주는 어릴 때부터 용감했다.

거미, 개미 같은 곤충과 친구처럼 놀고, 바이킹 타기에 공포 영화 보기가 취미일 정도니 말이다.

내가 민주의 놀림감이 된 것은 당연한 일이다.

나는 장난감 거미를 주워 쓰레기통에 던졌다.

민주가 꿍얼거리며 쓰레기통에서 거미를 꺼냈다.

"아, 왜 버려~ 필요한 건데!"

"나는 그딴 거 필요 없거든!"

"언니가 필요 없다고 막 버리면 안 되지~ 이거 가지고 최고봉 놀래 주자, 어때?"

아무래도 강민주의 새로운 놀림감이 정해진 것 같다.

민주가 크크크 이상한 소리를 내며 사악하게 웃었다.

"야, 강민주! 지금 그럴 때가 아니야. 외계인클럽에는 그런 거 말고 돈이 필요하다고."

내가 진지하게 말했지만 민주는 여전히 장난칠 계획을 세우느라 빙글거리며 대꾸했다.

"언니, 좋은 생각이 있어. 우리, 할아버지를 팔아 버리자! 그럼 다 해결되잖아~"

"야, 뭔 소리야! 할아버지를 어떻게 팔아!"

"아 왜~ 막 그 참치잡이 배인가 고래잡이 배인가에 팔아 버리면 되지~ 할아버지 사세요~ 우리 할아버지 사세요~ 하면서!"

잠깐! 할아버지 말고 다른 것을 팔면 되잖아?

할아버지는 못 팔지만 나한테는 물건이 많으니까 그것을 팔면 된다!

쓸모없는 물건은 다른 사람에게 주고, 필요한 돈을 벌 수 있으니 일석이조다!

나는 장난감 거미를 만지작대는 민주를 꼭 껴안고 기쁨의 환호성을 질렀다.

"민주야! 나 정말 천재인가 봐!"

"웩, 언니 뭐 잘못 먹었어?"

민주가 토하는 시늉을 하며 어깨를 으쓱했다.

"안 쓰는 걸 팔면 되잖아! 물건을 팔아서 돈을 버는 거야!"

"어? 그렇네!"

아기 때부터 가지고 있었던 인형 여러 개, 몇 번 쓰다 만 머리띠, 유행이 지난 열쇠고리, 안 쓰는 수첩 등 팔 수 있는 물건이 방 안에 가득했다.

지겨운 내 방이 갑자기 보물 창고가 되었다.

나는 밤새 팔 만한 물건을 모아 커다란 가방에 담았다.

민주도 안 읽는 만화책 세트와 안 쓰는 물건 여러 개를 모았다.

나는 민주의 핸드폰을 빌려 곧장 고봉이에게도 연락하고, 팔 물건을 모아 도서실에서 만나자고 약속했다.

그렇게 침대에 누워 돈을 왕창 버는 상상을 한 것이 어젯밤인데…….

"야, 최고봉! 이런 걸 누가 사~"

수업이 끝나고 민주가 고봉이를 보자마자 소리를 꽥 질렀다.

나는 시끄러운 두 사람을 데리고 사람이 없는 계단으로 갔다.

고봉이는 질질 끌려오면서도 양손에 든 책을 보여 주며 자랑스럽게 설명을 늘어놓았다.

"왜~ 이거는 『어린이 명심보감』이고 안에 만화도 있어서 재밌어. 그리고 이거는 속담책인데 심심할 때 보면 엄청 웃겨! 봐봐, '빈 수레가 요란하다'는 말은 쥐뿔도 없는 사람이 더 잘난 척한다는 뜻이래. 여기 그림에 소리 지르는 애 너 닮았지?"

결국 민주는 얼굴이 빨개져 고봉이 등짝에 퍽퍽 인디안밥을 날렸다.

이번에는 나도 고봉이 편을 들지 못했다.

아이고 최고봉, 심각하게 눈치가 없구나…….

"근데 고봉아, 아무래도 이 책들은 다른 애들이 안 살 것 같은데……. 혹시 만화책 같은 건 없어?"

"누나, 우리 집에는 이런 책밖에 없어요. 엄마가 그냥 만화책은 안 사 주거든요."

고봉이가 땀을 삘삘 흘리며 대답했다.

"뭐…… 그래도 우리한테 물건이 많으니까 괜찮아. 어제 찾아보았는데 팔 물건이 꽤 많았거든! 너도 집에 가서 다시 한 번 봐봐. 책 말고 다른 것도 좋으니까. 조금만 더 모으면 알뜰장터도 열 수 있어. 외계인클럽의 첫 이벤트가 되는 거지!"

'첫 이벤트'라는 말을 듣자 고봉이가 눈을 빛냈다.

기대하는 고봉이와 민주의 표정을 보니 나도 저절로 웃음이 나왔다.

"근데 누나, 언제 열 거예요? 장소는요? 애들이 많이 다니는 데가 좋을 텐데!"

고봉이가 꼬치꼬치 물어 오자 갑자기 할 말이 사라졌다.

"어…… 그건 아직 생각 안 해 봤는데……."

"언니, 도서실 앞 어때? 여기 앞에 지나다니는 애들 엄청 많아! 방과 후 기다리면서 게임하거나 시간 때우는 애들도 많고!"

민주가 아이디어를 냈다.

물건을 팔려면 사람이 많은 것이 최고이기는 하다.

하지만 도서실 앞은 너무 위험하다.

평소에도 사서 선생님이 자주 나와서 잔소리하기 때문이다.

그리고 잘못해서 담임선생님이 알게 되면 엄마, 아빠한테 퍼지는 것은 시간문제다!

절대로, 절대로 안 된다!

"안 돼! 너무 위험해. 한꺼번에 애들이 너무 많이 몰리면 선생님들이 이상하게 볼 거야. 그리고 도서실 앞은 시끄러워. 우리가 말해도 잘 안 들릴걸."

"우와~ 역시 덕구 누나!"

막상 알뜰장터를 열려고 보니 한꺼번에 아이들을 불러 모으는 것은 위험하다는 생각이 들었다.

우리는 같은 반 친구들부터 조금씩 공략해 보기로 했다.

"우리의 손님이 될 수 있으려면 일단 용돈이 많아야 해. 그리고 우리한테 별로 관심이 없어야 해."

"왜? 절친이면 더 잘 사 줄 것 같은데."

민주가 고개를 갸웃거리며 질문했다.

"너무 친하면 우리가 물건을 왜 파는지 궁금해 하잖아. 그러면 이런저런 핑계를 대야 해. 너네, 거짓말하는 게 얼마나 머리 아픈 일인지 알지?"

민주와 고봉이가 텔레파시라도 통한 것처럼 동시에 고개를 끄덕였다.

나는 말을 계속 이어 나갔다.

"한마디로 돈은 많지만 안 친한 사람이 손님으로 딱이야."

"그러면 비밀장터네?"

"뭐. 그런 셈이지."

"우와, 멋지잖아!"

민주가 내 대답을 듣고 씩 웃었다.

"좋았어! 이번 달도 열심히 해 보자!"

"외계인클럽, 아자 아자 파이팅!"

우리는 손을 모아 파이팅까지 외쳤다.

"아씨, 벌써 3시네. 혼나겠다."

고봉이가 시계를 확인하더니 또 허겁지겁 가방을 챙겼다.

저번에도 혼났다고 하던데 그러고 보면 최고봉도 참 불쌍하다.

나는 뛰어나가는 고봉이의 등에 손을 흔들어 주었다.

비밀장터 활동을 시작하고 가장 먼저 물건을 판 사람은 민주였다.

처음에 민주는 가방에 『숨 참고 눈 감아!』 공포만화 시리즈를 가득 넣어 갔다.

그리고 쉬는 시간에 펼쳐 한 권씩 재미있게 읽었다.

당연히 아이들은 만화에 엄청나게 관심을 보였고, 민주를 둘러싸고 동그랗게 몰려들었다.

대성공이었다.

으스대기 좋아하는 남자아이들이 하나도 안 무섭다며 너도나도 만화책을 사서 열 권이 순식간에 다 팔렸다.

다음 날, 민주는 장난감 거미를 가져가 아이들을 놀래 주고 다녔다.

거미는 동생을 둔 아이들 사이에 인기가 높았다.

더럽게 말 안 듣는 동생을 골려 주기 위해 가짜 거미를 사려는 아이들로 주변이 붐빌 정도였다.

민주가 2000원에 산 거미는 치열한 경쟁 끝에 5000원에 팔렸다.

민주는 "언니! 파는 거 엄청 재밌어! 내가 재밌게 가지고 놀면 애들이 그냥 다 산다니까!" 하며 싱글벙글 웃었다.

이후로도 민주는 보드게임과 말랑이 장난감, 사슴벌레 통과 먹이를 모두 팔았다.

"강민주, 절대 선생님한테 들키면 안 돼!"

나는 신나 있는 민주에게 다시 한 번 비밀 유지를 당부했다.

그러거나 말거나 민주는 팔 물건이 더 없는지 방을 뒤적거리느라 바빴다.

한편 고봉이는 집에 가서 팔 물건을 다시 골랐다.

"애들이 좋아할 만한 걸 팔아야 한다고!" 하며 나와 민주가 엄청나게 잔소리를 해서 재미없는 『명심보감』이나 속담책은 빼고, 초등학생 공룡사전 세트와 어린이 과학 잡지를 팔기로 했다.

민주의 성공담을 듣더니 고봉이도 쉬는 시간에 열심히 책을 보기 시작했다.

그런데 민주가 팔 때와는 달랐다.

쉬는 시간에 고봉이가 뭘 하는지 관심 갖는 아이는 없었고, 고봉이가 공룡사전을 보든지 과학 잡지를 읽든지 아무도 신경 쓰지 않았다.

당연히 공룡사전과 어린이 과학 잡지는 전혀 팔리지 않았다.

나름대로 자신 있게 판매를 시작했다가 금방 울상이 된 고봉이를 보고 민주가 흑기사처럼 나섰다.

"야, 최고봉! 이 책 뭐야? 완전 재밌다~!"

민주가 우렁차게 외치자 한두 명씩 손님들이 오기 시작했다.

'강민주 효과'가 다시 나타난 것이다!

공룡 좀 안다 하는 공룡 마니아들이 공룡사전 세트를 사기 시작했다.

어린이 과학 잡지는 영재 시험이나 과학 경시대회를 준비하는 아이들에게 인기가 좋았다.

책을 팔고 자신감을 얻은 고봉이는 집을 털어 미니 망원경과 숫자 퍼즐, 큐브를 가져갔다.

"이거는 망원경인데 이걸로 보면 저기 산꼭대기에 있는 사람도 보여! 원래 3만 원에 샀는데 그냥 8000원에 줄게."

"야, 대박! 너무 싸게 파는 거 아니냐? 완전 공짜네~"

주절주절 설명하는 고봉이 옆에서 민주가 오버하며 물건을 치켜세웠다.

숫자 퍼즐과 큐브는 민주가 도울 필요 없이 고봉이의 퍼즐 맞추기

쇼만으로도 금세 팔렸다.

　1분 안에 뚝딱 퍼즐을 완성하고 큐브를 맞추는 실력에 아이들이
감탄했기 때문이다.

6. 인형 도둑

민주와 고봉이가 열심히 물건을 파는 동안 나도 비밀장터 활동을 시작했다.

하지만 우리 반 아이들은 학교에 뭐만 가져갔다 하면 서로 사겠다고 하는 4학년 아이들과는 달랐다.

까딱하다 선생님이 눈치챌까 봐 말을 꺼내기도 힘들었다.

그래서 좀 더 철저하게 준비하기로 했다.

나는 일단 주변 문구점을 돌아다니며 물건이 얼마에 팔리는지 대강 조사해 두었다.

문구점 가격보다 더 싸게 팔아야 하기 때문이다.

내가 처음 판 물건은 안 쓰는 사인펜 세트였다.

나는 우리 반 공식화가로 불리는 유정이에게 슬쩍 다가갔다.

"유정아, 이거 루피 맞지? 완전 귀엽다~ 어떻게 그리는 거야?"

"별거 아냐. 캐릭터 인쇄해서 보고 따라 그리면 돼."

"아, 진짜? 나는 따라 해도 안 되던데, 너 진짜 짱이다. 완전 똑같아~"

어색해 하던 유정이는 내가 칭찬을 쏟아 내자 기분이 좋아진 것 같았다.

나는 유정이 옆에서 사인펜을 만지작대며 계속 말을 붙였다.

"근데 이거 색이 잘 안 나오네. 그림 연습 자주 해?"

"별거 아냐. 그냥 하루에 6시간쯤? 학원 쌤도 초등학생 치고는 많이 하는 편이랬어."

"와, 진짜 대단하다. 그러면 이것도 빨리 닳아지겠네."

나는 걱정하는 척 사인펜을 만지며 유정이의 관심을 사인펜으로 돌리려고 노력했다.

유정이가 점점 신경이 쓰이는지 펜을 하나씩 꺼내 종이 위에 그어 보기 시작했다.

"어쩌지? 벌써 안 나오네."

그때, 나는 사인펜을 꺼내며 문구점보다 훨씬 싼 값에 살 수 있다고 유정이를 꼬셨다.

유정이가 고민하며 머뭇거렸다.

지금이야! 홈쇼핑에서 본 필살기를 사용할 타이밍이다.

나는 사인펜 세트 위에 수첩까지 함께 내밀었다.

그리고 귓속말로 속삭였다.

"지금 사면 수첩까지 줄게~"

결국 유정이는 나에게 5000원을 건네고 수첩과 사인펜을 가져갔다.

그런 식으로 지안이에게는 머리띠를 팔고, 가윤이에게는 열쇠고리를 팔았다.

몇 번 성공하고 나서 자신감이 생긴 나는 하루도 빼지 않고 물건을 팔기 시작했다.

왜 민주가 신나게 물건을 팔고 다녔는지 알 것 같았다.

친구들 중에서 적당히 조용하고 얌전한 아이를 골라 말을 걸고 그 아이가 관심 가질 만한 물건을 소개하는 것은 아주 좋은 방법이었다.

덕분에 유정이, 지안이, 가윤이 같이 평소에는 별로 이야기하지 않았던 친구들과 좀 더 친해진 것 같기도 했다.

마지막에 남은 물건은 인형이다.

우리 집에는 내가 어렸을 때부터 모은 인형이 많다.

더구나 요즘에는 가방에 인형을 달고 다니는 것이 유행이니 하나에 2000원만 받아도 돈을 엄청나게 벌 수 있을 것이다.

역시 나는 럭키걸이야!

개수를 세어 보니 20개가 넘는다.

지금처럼 한 명씩 접근해서 친해지는 방법으로 인형을 팔면 시간이 아주 오래 걸린다.

이번에는 길거리에서 물건을 파는 사람처럼 인형을 펼쳐 놓고 여러 친구에게 팔아 보기로 했다.

어디가 좋을까?

그때, 우리 동네 아이들이라면 누구나 알고 누구나 모이는 별이랑 공원이 떠올랐다.

학교 근처에 있으면서도 너무 가깝지 않고 항상 아이들이 북적북적 놀고 있으니 인형을 팔기에도 아주 적당했다.

그런데 시간이 없다는 것이 문제였다.

고봉이처럼 스케줄이 꽉 차 있지는 않지만, 학교가 끝나고 조금 있다가 방과 후 활동을 해야 하고 그다음에는 바로 학원에 가야 한다.

공원까지 왔다 갔다 하는 것만으로도 시간이 금방 지날 텐데…….

나는 밤새 고민하다 한 가지 방법을 떠올렸다.

아무리 생각해도 학교와 학원을 동시에 빠지려면 이 방법밖에 없었다.

"아, 어지러워~"

나는 다음 날 아침에 일어나 힘없이 방문을 열고 거실로 나갔다.

그리고 소파에 축 늘어졌다.

바쁘게 나갈 준비를 하던 엄마가 내 머리에 손을 대더니 고개를 갸웃거리며 말했다.

"어머, 왜 이렇게 뜨겁지?"

아침밥을 준비하던 아빠도 걱정하면서 이마에 손을 댔다.

"그러게, 열이 나네."

좋아, 계획대로 되고 있어.

이불 속에서 몰래 드라이기를 켜 이마에 뜨거운 바람을 쐰 보람이 있었다.

멀쩡하던 이마가 1분 만에 후끈후끈 열나는 이마로 바뀌었으니까.

"이상하네, 여름 감기인가? 선생님께 연락드려야겠어."

결국 엄마가 학교를 쉬라고 말했다.

"우리 딸, 아빠가 국 끓여 놓았으니까 자고 일어나서 데워 먹어. 알겠지?"

아빠가 울상이 되어 얼굴을 맞대고 비비적거렸다.

엄마는 당직이어서 아빠가 일을 마치면 오후에 함께 병원에 가기로 했다.

"걱정 마……. 나 집에서 자고 있을게. 그럼 다녀오세요……."

나는 열심히 연기하며 금방이라도 쓰러질 것 같은 목소리로 가족을 배웅했다.

드라이기 하나로 강민주까지 속이다니, 역시 나는 천재다!

야호! 자유다!

나는 아무도 없는 집에서 여유롭게 밥을 먹고 신나게 인형을 챙겨 별이랑 공원으로 왔다.

공원 한쪽 정자에 신문을 깔고 커다란 상자에 넣어 들고 온 인형을 가지런히 펼쳤다.

박스를 뜯어 매직으로 '인형 한 개에 2000원'이라고 적고, 간단하게 간판도 만들어 세우니 그럴듯했다.

정말로 가게를 연 것 같았다.

"우와아~ 저게 뭐야?"

"인형 엄청 귀엽다!"

학교 끝날 시간이 되니 별이랑 공원에 아이들이 하나둘씩 모여들었다.

그때, 멀리서 샤론이가 걸어오는 것이 보였다.

오랜만에 만나는 얼굴이다.

"오오~ 깡냥! 오랜만~"

"샤론아! 학원은?"

"이따가. 잠깐 애 좀 보고 있어야 해서."

샤론이는 그렇게 말하며 손가락으로 조그마한 남자아이를 가리켰다.

샤론이와 똑같이 생긴 남자아이는 공원을 휘저으며 뛰어다니고 있었다.

"동생?"

"응, 정신없어 죽겠다. 근데 웬 인형?"

샤론이가 흥미로운 눈빛으로 질문했다.

어쩌지…… 아는 친구를 만날 수도 있다는 생각까지는 못했다.

대충 둘러대기로 했다.

"아, 사고 싶은 게 있는데 너무 비싸서…… 그냥 용돈 좀 벌려고 가지고 나왔어."

어느새 내 주변에는 인형을 구경하는 아이들이 꽤 많았다.

하지만 선뜻 사겠다는 아이는 없었다.

그때, 샤론이가 곰돌이 인형을 하나 집어 들고 말했다.

"나 이거 사고 싶은데, 지금은 돈이 없네. 쟤 좀 봐 줄래? 집에서 가져올게."

"정말? 그럼 좋지. 너네 동생은 내가 보고 있을게."

샤론이가 동생을 옆에 데려다 놓고는 공원 밖으로 뛰어나갔다.

그나마 샤론이라도 사겠다고 해서 다행이다.

끝까지 안 팔리면 세일을 해야겠다고 생각하던 중이었으니까.

"덕구야! 너 맞구나!"

흙 묻은 손으로 인형을 찔러 보는 꼬맹이들 때문에 정신없는 와중이었다.

가방을 멘 연지가 핫도그를 먹으며 다가왔다.

같은 반에 있기는 하지만 별로 친하지는 않은 아이다.

나는 대충 대답했다.

"어? 안녕, 연지야."

"근데 너 뭐해?"

"어? 나 안 쓰는 인형이 너무 많아서 좀 팔려고 갖고 왔어."

"이거 뭐야? 짱 예쁘다. 나한테 팔면 안 돼?"

연지는 하필 샤론이가 찜해 둔 곰돌이 인형을 집어 들었다.

"그건 다른 애가 산다고 했는데……."

내가 망설이자 연지는 지갑에서 바로 돈을 꺼내 내밀었다.

"나 지금 5000원 있는데, 다 줄게! 나한테 팔아라~ 응?"

샤론이가 돈 가지고 온다고 했는데……. 어떡하지?

안 된다고 해도 연지는 돈을 내겠다고 자꾸만 고집을 부렸다.

"아씨, 진짜 안 되는데…… 대신 다른 애들한테는 비밀이야."

입으로는 안 된다고 말하면서 나도 모르게 돈을 받아 들었다.

연지는 "땡큐~"라고 말하고는 신나게 곰돌이를 데려갔다.

결국 연지한테 인형을 팔아 버렸다.

인형을 판 것은 좋지만 샤론이에게는 뭐라고 말하지?

사실대로 말하면 샤론이가 화낼 것이 분명하다.

잃어버렸다고 해야 하나? 누가 훔쳐 갔다고 해야 하나?

옆에서 알짱거리며 놀고 있는 샤론이 동생도 신경 쓰였다.

열심히 머리를 쥐어짜는 사이 샤론이가 왔다.

"헐, 진짜? 누가 훔쳐 갔는지 못 봤어?"

"응? 으응…… 옆에 애들이 너무 많아서 못 봤네. 어쩌지?"

"어쩔 수 없지…… 아쉽다, 그 곰돌이 진짜 귀여웠는데……."

"근데 샤론아, 나 이제 집에 가야 할 것 같아. 더 있으면 혼나서……."

나는 샤론이에게 누가 인형을 가져가 버렸다고 말했다.

손에 자꾸 땀이 났다.

착한 샤론이는 나를 걱정하면서 범인이 누군지 같이 찾아 주겠다고 했지만 그럴수록 양심이 찔렸다.

　나는 서둘러 인형을 챙기고 샤론이에게도 인사했다.

　집으로 향하는 길, 자꾸 눈이 감기고 머리가 띵했다.

　오후 내내 뜨거운 햇빛을 받아서 그런가?

　엉덩이에 긴 거짓말의 꼬리가 생긴 것처럼 온몸이 무거웠다.

　나는 집에 와 이불을 덮고 침대에 누웠다.

　누우니까 또 으슬으슬 추웠다.

　"덕구야, 괜찮아? 왜 이렇게 식은땀이 나지?"

　퇴근한 아빠가 걱정스럽게 나를 흔들었지만 정신을 차릴 수가 없었다.

　머리가 뜨겁고 사방에서 목소리가 웅웅 울려서 어지러웠다.

　결국 나는 학교를 이틀이나 쉬어야 했다.

7. 선생님 이름은 이금순

방과 후, 아이들이 모두 빠져나간 교실.

나는 지금 담임선생님 앞에 앉아 있다.

"덕구야, 어제 옆반 샤론이랑 우리 반 연지가 엄청 크게 싸웠어. 선생님이 조사하다 보니 네 이름이 나와서 부른 거야. 무슨 일이 있었는지 설명 좀 해 줄래?"

"……."

"대체 왜 그랬니?"

선생님이 한 말에 놀라지 않았다.

나도 내가 실수했다는 것을 알고 있었으니까.

"강덕구, 왜 그랬냐고 묻잖아?"

선생님이 다시 질문했다.

'왜?'라는 한 글자가 어깨를 꽉 누르는 것 같았다.

"그…… 제가 돈이 없어서…… 공원에서 인형을 팔려고 했어요. 그런데…… 잘못 팔아서…….."

"잘못 팔았다는 게 무슨 말이야, 더 설명해 봐. 어떻게 팔았는데?"

선생님의 눈썹 사이에 주름이 깊어졌다.

나는 최대한 사실을 숨기려고 애쓰면서 조심조심 있었던 일을 이야기했다.

샤론이가 산다고 한 곰돌이 인형을 연지가 돈을 더 많이 준다고 해서 팔았는데, 나중에 온 샤론이에게 미안해서 누가 인형을 훔쳐 갔다고 변명했다고 말이다.

선생님은 중간중간 질문하고 내 말을 들으며 종이 위에 무언가를 적었다.

그리고 내가 아파서 학교에 나오지 못한 사이 어떤 일이 있었는지 들려주었다.

싸움의 시작은 이랬다.

샤론이는 화장실에서 손을 씻다가 익숙한 얼굴의 곰돌이를 보았다.

내가 팔았던 곰돌이는 연지의 책가방에 달려 있었다.

샤론이는 연지에게 인형이 어디서 났냐고 물었고, 몰래 가져간 것 아니냐고 따졌다.

억울했던 연지는 돈을 주고 샀다고 말했지만 샤론이는 연지의 말을 믿지 않았다.

주변 아이들까지 연지를 의심하며 인형 도둑으로 몰아가자 연지는 울고 말았다.

화장실에서 싸움이 났다는 소식이 들리자 선생님이 출동했다.

선생님은 방과 후에 샤론이와 연지를 불러 무슨 일이 있었는지 물었고, 나 때문에 이 싸움이 일어났다는 것을 알게 되었다.

모든 사실을 듣고 나니 마음이 더 쓰렸다.

내 말만 믿고 도둑을 찾으려고 한 샤론이는 물론이고, 연지까지 괜히 억울한 일을 당했다.

할 수 있다면 다시 그때 그 자리, 공원에서 샤론이와 연지를 만났던 때로 돌아가고 싶다.

아니, 인형을 팔기 전으로 돌아가면 좋겠다.

미안하고 부끄럽다.

그리고 무섭다.

어떤 방법을 써도 시간을 돌릴 수 없다는 것을 아니까 무섭고, 덜컥 쏟아 버린 거짓말이 이렇게 커져 버려서 무섭다.

제일 무서운 것은 샤론이랑 연지가 사실을 알고 나를 싫어하게 되는 것이다.

선생님은 내일 아침에 샤론이와 연지를 만나 사과하라고 했다.

그리고 핸드폰을 들어 전화하려고 했다.

"선생님! 안 돼요! 엄마한테 전화하는 건 진짜 안 돼요! 제가 뭐든 할게요! 제발 전화하지 마세요!"

"아니, 강덕구. 이건 부모님도 아셔야 할 일이야."

"선생님, 진짜 안 돼요. 제발요!"

의자에 붙어 있던 엉덩이가 들썩거렸다.

나는 엉거주춤 일어나 선생님 팔을 잡고 매달렸다.

눈물이 나왔다.

나는 눈물과 콧물을 번갈아 훌쩍거리면서 생일 편지 이야기부터 옛날에 놀림받았던 것까지 있었던 일을 모두 다 말했다.

"후……."

선생님이 이야기를 듣고 나서 길게 한숨을 쉬었다.

"덕구야, 내 이름이 뭐지?"

"네? 선생님 이름, 이누리잖아요."

"아니야."

"네? 그게 무슨……."

"지금은 이누리지만 예전에는 아니었어. 내가 너만 할 때는 이금순이었거든."

너무 놀라서 말이 나오지 않았다.

"거짓말 같지? 근데 진짜야. 원래 내 이름은 이금순이었어."

"근데 왜 지금은 이누리예요?"

"바꾸었거든. 어른 되자마자."

"정말요? 어떻게요?"

"법원에 가서 이름을 바꾸겠다고 했지."

"진짜요? 저도 할래요!"

"안타깝지만 어린이는 부모님의 허락이 있어야 할 수 있어."

팔딱팔딱 뛰던 심장이 다시 축 가라앉았다.

"근데 저는 중학교 가기 전에 이름을 꼭 바꾸어야 해요."

"나도 그러고 싶었어. 내가 중학교 갈 때는 교복 위에 이름이 새겨져 있었거든. 떼어 버리지도 못하게."

그 말을 할 때 선생님은 왠지 중학생으로 돌아간 것처럼 보였다.

"그런데 선생님은 덕구 너처럼 용감한 아이는 아니었어. 그래서 말도 못 꺼냈지. 이름이 싫다고 하면 부모님께 혼날 것 같았거든. 학교 가는 길에 어떻게 했는지 알아? 맨날 가방끈 잡는 척하면서 이름을 가리고 다녔어. 부끄러웠거든."

선생님은 두 손을 쥐어 안 보이는 가방을 메는 것처럼 흉내를 냈다.

어린 시절의 선생님이 학교에 가는 모습이 그려졌다.

"우리 부모님은 항상 말씀하셨어. 대학교에 가면 원하는 건 뭐든 할 수 있다고. 커서 하고 싶은 거 다 하라고. 내가 뭘 하고 싶다고 할 때마다 그러는 거야. 그 말을 100번, 1000번 들으면서 선생님이 무슨 생각을 했는지 아니? 아, 지금 나는 어리니까 그냥 하라는 대로 해야 하는 거구나, 그게 당연한 거구나."

항상 자신만만하게 솟아 있던 선생님의 어깨가 푹 가라앉았다.

"바보 같지?"

"아니요."

"선생님이 열심히 공부했던 이유도 너처럼 이름을 바꾸고 싶어서

였어. 대학교에 합격했다는 소식을 듣고 나서 부모님에게 물어보았어. 이름을 바꾸어도 되냐고. 그런데 대체 뭐 하러 이름을 바꾸느냐고 화내는 거야. 선생님이 '대학교 가면 뭐든 해도 된다고 했잖아요!' 하고 따졌더니 자기들은 그런 말을 한 적이 없대."

"헐, 너무해요!"

이야기를 듣다 보니 나도 같이 화가 났다.

"그날, 나는 결심했어. 이제 허락받지 말고 스스로 생각하고 행동하자고. 그래서 대학교에 들어가기 전에 이름을 바꿔 버렸어."

"우와……."

"이름을 바꾼 날, 나는 어른이 되었다는 생각이 들었어. 그냥 어른 말고 아주 멋진 어른 말이야. 아마 너라면 나보다 훨씬 더 멋진 어른이 되겠지."

말하면서 선생님은 입꼬리를 올려 싱긋 웃었다.

그리고 원하는 사람은 누구나 이름을 바꿀 수 있고, 수많은 사람이 실제로 이름을 바꾼다고 덧붙였다.

놀랍다.

지금까지는 나 혼자만 이름을 싫어하는 줄 알았는데 세상에 나 같은 사람들이 또 있었구나.

심지어 선생님도 나 같은 아이였다니…….

"덕구야, 이름을 바꾸고 싶어 하는 네 마음이 얼마나 간절한지 선생님도 알아. 그 마음을 따라서 스스로 노력해 보는 것도 좋지. 그런데 그렇게 하려면 자기 행동을 책임질 수 있어야 해. 너는 마음이 앞서서 너만 생각하고 다른 사람들은 생각하지 못한 거야."

"네…… 저도 알고 있어요."

"아까 말한 것처럼 샤론이와 연지에게 사과하고 앞으로 인형은 팔지 마. 다른 물건도 마찬가지고."

"네, 사과할게요."

"너 약속했다. 어이쿠! 시간이 늦었네. 이제 집에 가자. 아 참, 오늘 선생님이 한 이야기, 다른 애들한테는 비밀이다. 말하면 알지?"

선생님은 장난스럽게 윙크하며 핸드폰을 귓가에 대고 흔들었다.

나는 선생님이 집에 전화하지 않으리라는 것을 알았다.

그리고 앞으로 내가 선생님을 꽤 좋아하게 되리라는 것도…….

8. 라온 헌책방의 고심 언니

며칠 뒤, 외계인클럽 멤버들이 모였다.

나는 물건을 열심히 팔아 신이 난 아이들에게 지금까지 있었던 일을 고백했다.

"애들아, 미안해. 너희는 열심히 팔았는데……."

"누나, 혹시 우리 이야기까지 한 건 아니죠?"

고봉이가 심각한 얼굴로 물었다.

"외계인클럽 이야기는 안 했어."

"다행이다. 낙동강 오리알 되는 줄 알았잖아요. 한마디로 강물에 둥둥 떠내려가는 오리알처럼 우리도 다 흩어져서 혼나고 망할…… 뻔했지만. 역시 누나가 최고예요! 선생님하고 1 대 1 상담을 하는 와중에도 비밀을 지키다니!"

고봉이가 주절주절 떠들다 내 표정을 보고는 금세 목소리를 바꾸었다.

아무래도 눈치가 좀 생긴 것 같다.

"그래도 선생님이 이름 바꾸는 거 응원해 주셨어. 학급문고에 있는 책 중에 안 읽어서 버리려던 책도 준대!"

"그걸로 뭐 할 건데?"

민주가 책을 들여다보며 관심을 가졌다.

"헌책을 모아서 팔 수 있는 책방이 있대. 나한테 주소랑 전화번호도 알려 주셨어."

나는 아이들 앞에다 선생님이 준 쪽지를 꺼내 놓았다.

"어! 나 거기 어딘지 알아! 엄청 가까워!"

고봉이가 부모님과 함께 헌책방에 가 본 적이 있다고 아는 척을 했다.

선생님 심부름을 핑계로 댈 수도 있고, 마침 고봉이도 과학 경시대회가 일찍 끝나 여유가 있었다.

우리는 바로 헌책방으로 향했다.

학교에서 5분 정도 떨어져 있는 헌책방은 골목 한쪽에 있는 작은 가게였다.

투명한 유리창 너머로 보이는 나무 책장에 책이 가득 꽂혀 있었고, 문 앞에는 작은 선인장 화분이 줄줄이 놓여 있어 귀엽고 포근한 느낌을 주었다.

"어서 오세요~"

문을 열고 들어가자 갈색 앞치마를 입은 언니가 맑은 목소리로 인사했다.

동시에 선풍기 바람을 따라 책이 뿜어내는 냄새가 코로 가득 들어왔다.

마치 책으로 만들어진 숲에 들어온 것 같았다.

"저기요…… 이거 팔 수 있나요?"

나는 가방에서 주섬주섬 책을 꺼내며 물었다.

언니가 웃으며 "그럼요~" 하고 대답했다.

"거기 손님은 오늘은 친구들이랑 같이 왔네요~"

언니가 고봉이에게 아는 체를 하며 말을 건넸다.

"네, 저요?"

고봉이가 당황하자 옆에서 민주가 신나게 친한 척을 했다.

"아, 그럼 너지 누구겠어, 최고봉~! 언니, 안녕하세요! 저 고봉이 친구 강민주라고 하는데요. 이 책 전부 다 팔려고 오늘 같이 왔어요!"

"하하~ 반가워요! 제가 여기 주인이니 저한테 책을 주면 돼요. 어디 한번 살펴볼게요!"

라온 헌책방의 주인 언니는 웃으며 존댓말로 인사했다.

나는 내가 중요한 사람이 된 것 같아서 어쩐지 기분이 좋아졌다.

언니가 책을 앞뒤로 살펴보고, 책장을 한 장씩 넘기며 상태를 보는 동안 나와 고봉이는 책방을 구경했다.

민주는 주인 언니가 마음에 들었는지 옆에 앉아 수다를 떨었다.

책장에 꽂혀 있는 책은 색깔도, 크기도, 제목도 모두 달랐다.

한쪽 선반에는 추천 책들이 놓여 있었는데 책마다 주인 언니가 적어 놓은 소개글과 책에 나온 문장을 적은 메모지가 붙어 있었다.

"손님들~ 이쪽으로 와 볼래요?"

"언니! 최고봉! 싸장님이 여기로 오래~"

민주가 장난스럽게 외쳤다.

"여러분이 가져온 책은 열다섯 권인데 우리 책방에서는 여덟 권만 살 수 있어요."

"네? 왜요?"

예상 밖의 일이다.

"두 권은 표지에 낙서가 있어서 안 되고, 여섯 권은 책장이 구겨지거나 찢어져 있어서 그래요."

헌책방에서도 너무 더럽거나 손상이 심한 책은 팔 수 없어 받지 않는다고 했다.

주인 언니가 책을 정리하다가 고개를 들고 질문했다.

"근데 손님들, 혹시 한울초등학교 학생이에요?"

"우와! 싸장님! 어떻게 알았어요?"

민주가 놀라자 언니가 웃으면서 책 한쪽에 적힌 글자를 가리켰다.

'한울초 5학년 2반 강덕구'

자세히 보니 언니가 들고 있는 것은 책이 아니라 내 연습장이었다.

가방에서 책을 꺼내다 같이 섞여 나온 모양이다.

나는 연습장을 받아 후다닥 가방에 쑤셔 넣었다.

"저도 한울초등학교 나왔어요! 이제 보니 우리 선후배 사이네요~"

주인 언니가 반갑게 손을 내밀어 우리와 악수했다.

책방 한쪽 테이블에 딸린 의자에 앉아 기다리라고 하더니 언니는
요구르트 세 개를 가져왔다.

"자, 이건 후배들한테 주는 선물!"

"와~ 감사합니다!"

"그런데 덕구 학생은 이름이 정말 특이해요~"

언니 말에 먹던 요구르트를 뿜을 뻔했다.

잘 보이고 싶은 사람에게 약점을 들킨 것 같아서 괜히 부끄러웠다.

"근데 우리 언니는 이름 엄청 싫대요~"

"왜요? 세상에 하나밖에 없을 것 같은 특별한 이름인데요?"

민주가 한 말에 주인 언니가 궁금하다는 얼굴로 물었다.

"다른 애들이 다 놀려요. 그래서 싫어요."

"흠, 그렇다면 할 이야기가 많아요! 나도 이름이 특이해요. 고심
이거든요, 내 이름."

"고심? 마음 심(心)이요?"

"맞아요! 마음 심!"

고봉이가 '혹시?' 하는 얼굴로 물었다가 '역시!' 하는 얼굴로 뿌듯
하게 웃었다.

"이름도 두 글자라 눈에 띄는데 고 씨라서 맨날 앞 번호였거든요.

그래서 더 싫었어요.”

“와, 대박! 저도 강 씨라서 더 싫어요! 맨날 1번이고.”

“싸장님! 언니 이름은 할아버지가 지었어요. 할아버지는 왕고집 쟁이라 무조건 자기 말대로 하라고 우겼거든요. 그래서 언니는 할아버지도 엄청 싫어해요~”

민주가 못 참고 할아버지 이야기를 꺼내며 끼어들었다.

“내 이름은 아빠가 지어 준 거예요. 내가 태어나고 나서 아빠가 혼자 한자 사전을 펴 놓고 찾았다고 했어요. 나는 너무 대충 지은 거 아닌가 생각했죠. 아빠가 바보였던 건가 의심도 하고요. 수많은 글자 중에 대체 왜 마음 심(心) 자를 골랐냐고 물어보기도 했어요. 물론 아빠는 아니라고 했지만, 내 생각에는 나중에 한자로 쓸 때 잊어버릴까 봐 쉬운 글자를 고른 것 같아요.”

“저는 높을 고(高)에, 봉우리 봉(峰) 자를 써서 고봉이에요~”

“그러고 보니 ‘고봉’이라는 이름도 특이하네요. 아무튼 어렸을 때부터 친구들도 내 이름을 가지고 비슷한 온갖 단어들을 가져다가 별명을 지어서 붙였어요. 너무 많아서 기억도 안 나네요. 그래서 이름이 정말 싫었죠.”

“저도요. 애들이 맨날 놀려서 스트레스 받아요.”

들을수록 나와 통하는 것이 많았다.

“그런데 지금은 내 이름이 좋아요. 예전에는 평범한 이름이 아니니까 이상하고 별나다고 생각했는데, 요즘에는 나한테 잘 어울리는 것 같기도 하고요. 세상 어디에 가도 이런 이름은 없으니까요."

"진짜요? 왜요? 저는 제 이름이 너무너무 싫은데……."

고심 언니는 시간이 지나면서 점점 이름이 좋아졌다고 했다.

정말로 그럴까?

시간이 지나면 나도 '강덕구'라는 이름을 좋아하게 될까?

아직은 상상할 수 없다.

"이건 비밀인데요. 우리는 외계인클럽을 만들었어요. 외계인처럼 이상한 이름을 평범한 이름으로 바꿀 거거든요."

"우와~ 멋지네요~ 외계인클럽! 동화책에 나올 것 같아요!"

"그래서 헌책도 판 거예요! 이름을 바꾸려면 용돈을 모아야 해서요."

고봉이가 비밀이라면서 외계인클럽 이야기를 술술 했다.

왠지 고심 언니에게는 말해도 괜찮겠다는 생각이 들었다.

"그럼 나도 비밀 하나 말해 줄까요?"

언니가 목소리를 낮추며 얼굴을 가까이에 대고 소곤거렸다.

"사실 내가 싫어한 건 이름이 아니에요."

"으엥?"

민주가 눈을 동그랗게 뜨고 이상한 소리를 냈다.

나도 헷갈렸다.

"사장님, 뭐 잘못 드셨어요?"

고봉이도 당황했는지 다시 질문했다.

"하하, 잘못 먹은 건 아니고요~ 나는 내가 싫어한 게 이름이라고 생각했어요. 처음에는요. 그런데 곰곰이 생각해 보니 사실은 싫은 게 따로 있더라고요. 우리 엄마는 교통사고로 돌아가셨어요. 엄마가 돌아가시고 나서 아빠는 잘 다니던 회사를 그만두고 고물상을 시작했어요. 동네를 다니며 버려진 물건을 모아서 팔고, 고치기도 했죠. 나는 그게 부끄러웠어요. 특히 친구들이 집에 놀러 온다고 할 때가 제일 힘들었죠. 핑계를 대고 거짓말해야 했으니까요."

우리는 아무 말도 할 수 없었다.

고심 언니가 가라앉은 목소리로 말을 이어 나갔다.

"거짓말을 할 때마다 마음이 찔렸지만 어쩔 수 없다고 생각했어요. 절대 들키고 싶지 않았거든요. 이름이 싫었던 게 아니라 아빠가 싫고, 엄마가 없는 게 싫고, 고물상이 싫었어요. 날이 갈수록 싫은 게 점점 눈덩이처럼 불어났어요. 결국에는 자꾸 거짓말을 하는 나조차도 싫어지더라고요."

"저도 그랬어요. 처음에는 할아버지가 밉고 이름이 미웠는데, 다음에는 엄마, 아빠가 밉고 친구들이 밉고 자꾸 짜증 내는 나도 싫고……."

내가 그렇게 말하자 민주가 슬쩍 내 손가락을 잡았다.

이럴 때 민주는 나보다 어른 같다.

"덕구도 그랬구나. 그런데 나는 친구 덕분에 이름이 좋아졌어요. 친구가 그랬거든요. 제 이름이 세상에서 제일 멋지다고. 세상에서 제일 중요한 게 마음인데, 제 이름에는 마음이 담겨 있다고요."

　고심 언니는 이름을 좋아해 주는 사람이 딱 한 명만 있어도 많은
것이 달라진다고 이야기했다.

9. 가자, 이름가게로!

_ 고봉

사장님 이름은 고심이고 내 이름은 고봉이다.

내 이름은 사장님 이름과 비슷하다.

집에 친구를 데려간 적이 별로 없는 것도 비슷하다.

나는 사장님 이야기에 놀랐다.

내가 '최고봉'이라는 이름을 싫어하는 것은 내 이름을 좋아해 주는 친구가 한 명도 없어서일까?

덕구 누나도?

누나는 친구가 많아 보였는데…….

고심 사장님은 아주 평온한 표정이었지만 나에게는 물음표가 엄청나게 많이 생겼다.

엄마는 학교에서 최고가 되라고 내 이름을 '최고봉'으로 지었다.

하지만 한 번도 누군가와 친구가 되라고 한 적은 없었다.

학교나 학원도 마찬가지다.

다들 공부하는 법은 알려 주었지만 친구 만드는 법은 어디서도 알려 주지 않았다.

친구를 사귀는 것도 어렵지만 고심 사장님처럼 오래 가는 죽마고우를 만드는 것은 더 어려운 일이라는 생각이 들었다.

(여기에서 죽마고우란 대나무로 된 장난감 말을 같이 탈 정도로 어렸을 때부터 친한 친구 사이라는 뜻이다.)

"와…… 부럽다."

헉! 속마음이 나왔다.

"맞아요. 우리 최고봉은 저희 말고는 친구가 없어요. 맨날 혼자 다니거든요. 크크."

민주가 어깨동무를 하며 놀렸지만 나는 어색하게 웃을 수밖에 없었다.

고심 사장님이 "친구는 언제나, 어디에서나 만들 수 있어요. 걱정 마요." 하고 말했다.

그리고 우리 앞에 종이 한 장을 내려놓았다.

"짜잔~ 우리는 이제 비밀을 나눈 사이이니까 여러분에게 선물을 줄게요."

우리는 그것을 더 자세히 들여다보려고 동시에 고개를 숙이다 머리를 부딪쳤다.

"아야야~"

"아, 뭐 해~!"

이상하게 덕구 누나랑 민주랑 같이 있으면 평소보다 약간은 바보가 되는 것 같다.

그래도 기분은 좋다.

쭈글쭈글한 흑백 사진에는 어떤 가게의 모습이 찍혀 있었다.

"간판에 뭐라고 적혀 있는 거지?"

"그러게~"

흐릿한 사진 속 간판 글자를 알아보기가 어려웠다.

나와 민주가 사진을 보는 동안 덕구 누나는 사장님과 이야기했다.

"여기가 어디예요?"

"여러분이 찾는 곳이요."

"네? 거기가 어딘데요?"

"이미 알고 있잖아요!"

덕구 누나와 고심 사장님의 대화는 마치 스무고개처럼 계속 이어졌다.

사장님은 우리를 알쏭달쏭하게 만들어 놓고 빙그레 웃기만 할 뿐, 정확한 목적지가 어디인지 알려 주지 않았다.

"여기로 가면 이름을 바꿀 수 있어요."

"네? 진짜로요?!"

나와 덕구 누나의 눈이 마주쳤다.

민주도 놀란 표정으로 나를 바라보았다.

"아빠가 고물상을 오래 하셔서 이 지역에 오래된 가게들은 나도 잘 알거든요. 그중에 하나죠. 이름가게."

민주가 입을 벌리고는 "헐, 대박!"이라고 외쳤다.

"이름을 어떻게 바꿀 수 있어요? 그런 가게가 진짜 있어요? 멀어요? 어떻게 가는데요?"

나는 궁금한 것이 너무 많아서 곧장 질문을 쏟아 냈다.

떠오르는 궁금증을 입 밖으로 꺼내 놓지 않으면 금방 사라져 버릴 것 같았다.

하지만 고심 사장님은 조용했다.

술래잡기처럼 이어지는 내 질문을 듣고도 대답 없이 한쪽 눈썹을 까딱 올릴 뿐이었다.

왜 그러지? 뭐 잘못했나…….

"100퍼센트 완벽하게 다 알지 못해도 그냥 시도해야 할 때가 있어요. 지금이 바로 그런 때고요. 의심하는 사람에게는 안 보이는 가게 거든요~"

사장님은 자꾸 이상한 말만 했다.

손님이 누구인지에 따라서 보였다가 안 보였다가 하는 가게가 있나?

사막에 있는 오아시스 같은 것일까?

"소중한 것은 쉽게 얻을 수 없어요. 믿을 수 있다면 용기를 내서 한번 가 봐요."

사장님이 내 눈을 똑바로 들여다보며 말했다.

마음속에 정말로 무언가 솟아나는 것 같았다.

일찍부터 일어난 해가 눈치 없이 햇빛을 쏘아 대는 일요일, 우리 셋은 별이랑 공원에 모였다.

그리고 손을 모아 "외계인클럽, 외계인클럽 파이팅!"을 외쳤다.

이름가게는 우리 동네에서 버스를 타고 30분 정도 가야 하는 곳에 있다고 했다.

우리는 정류장으로 걸었다.

마침 고심 사장님이 알려 준 3004번 버스가 우리를 스쳐 정류장에 멈추어 섰다.

"저거 타야 돼!"

"뛰자!"

다행히 다른 사람들이 버스에 오르는 동안 엄청나게 뛰어서 버스를 잡을 수 있었다.

운이 좋은 날이다.

아침에 일어난 엄마, 아빠가 이 사실을 알면 난리가 나겠지만……더 상상하면 무서워지니까 생각하지 말아야지.

도둑고양이처럼 떨리던 마음이 버스를 타자 점점 설레는 기분으로 바뀌었다.

맨날 엄마 차에 실려 학원에 갈 때만 보던 버스인데 직접 타니 신기했다.

우리는 맨 뒷자리에 나란히 앉아 창밖 풍경을 감상했다.

창문을 열고 시원한 바람을 맞으며 달리니 콧노래가 저절로 나왔다.

"야이야야~ 내 이름이 어때서♬ 바꾸기에 딱 좋은 나인데~"

덕구 누나가 웃긴 노래를 불러서 나와 민주도 같이 흥얼거렸다.

긴장이 풀리고 마음이 편해지니 점점 눈이 감겼다.

두 사람은 이미 자고 있고 나라도 정신을 똑바로 차려야 하는데…… 인간적으로 너무 졸렸다.

부르릉~ 움직이는 버스 소리가 배경 음악처럼 잔잔하게 들리다가 멀어졌다.

"애들아, 너희 어디 가냐?"

목소리에 깜짝 놀라 잠이 깼다.

기사 아저씨가 엉거주춤 일어나 우리를 보고 있다.

버스는 멈추어 있고, 다른 사람들은 아무도 없다.

"아저씨, 여기가 모래내 마을이에요?"

"무슨 소리야. 여기는 바람재란다."

"네에?!"

기사 아저씨는 버스를 잘못 탔으니 내려서 반대편에서 다시 타라고 했다.

우리는 깜짝 놀라 후다닥 버스에서 내렸다.

주위를 둘러보았지만 눈에 보이는 풍경이 낯설다.

몇 번 와 본 것 같기도 하고, 한 번도 온 적 없는 것 같기도 하다.

엄마, 아빠 없이 혼자서 동네를 벗어난 적은 처음이라 약간 긴장되었다.

잠깐, 지갑이 어디 갔지?

"민주야, 혹시 내 지갑 가져갔어?"

"뭔 소리야, 내가 네 지갑을 왜 가져가?"

민주가 황당한 표정으로 대답했다.

"내 지갑이 없어! 어떡하지?"

"헐…… 놓고 내렸나."

"잘 찾아봐. 주머니에도 없어?"

길바닥에 주저앉아 아무리 찾아보아도 지갑이 보이지 않았다.

완전 멘붕이다.

아침에 버스를 타서 돈을 꺼내 버스비를 내고 어디다 넣었지?

분명히 지갑을 들고 버스를 탔는데 그다음에 어떻게 했는지 하나도 기억나지 않는다.

최고봉, 이 바보 멍청이야. 왜 기억을 못 하는 거야.

"고봉아, 일단 어쩔 수 없으니까 반대편 가서 버스를 타자. 그리고 가면서 생각해 보자."

"누가 가져갔으면 어떡하지? 다들 진짜 못 봤어?"

"네 지갑을 우리가 어떻게 알아! 일단 버스 타는 게 먼저라니까?

시간 없다고.”

덕구 누나가 짜증을 내면서 말했다.

차가운 대답에 안 그래도 쪼그라들던 마음이 더 작아졌다.

계획을 성공시켜 자신만만하게 집에 돌아갈 것이라고 상상했는데 역시 나는 제대로 할 줄 아는 것이 없는 것 같다.

잃어버린 지갑과 엄마, 아빠의 얼굴이 한데 엉키면서 머릿속이 하얘졌다.

용감하게 집을 탈출했던 외계인클럽의 최고봉은 사라지고, 외톨이 최고봉이 나타나 속삭였다.

‘나는 바보야. 잘난 척만 하고 제대로 할 줄 아는 건 하나도 없는 바보.’

금방이라도 눈물이 나올 것 같았다.

“나 그냥 집에 갈래. 우리 돈도 없잖아. 망했어…….”

“최고봉, 그게 무슨 소리야? 지금 다시 가자고? 여기까지 와서?”

“아무래도 처음부터 잘못된 것 같아. 허락도 안 받고 나오는 게 아니었는데, 이씨…….”

“너 진짜 왜 그러냐? 같이 이름 바꾸기로 했잖아!”

누나가 자꾸 화를 내니까 나도 답답했다.

“누나야말로 생각이란 걸 좀 해 봐. 지금 지갑도 잃어버렸는데 어떡하려고! 돈 있어? 그냥 가다가 또 버스 잘못 타면 책임질 거야?”

“아니, 나한테 비상금 있으니까 괜찮다니까!”

"누나나 가! 나는 더 혼나기 전에 그냥 집에 갈래."

"그래. 가라 가, 이 겁쟁이야! 가 버려! 다시는 보지 말자고!"

"어! 나도 안 볼 거야!"

"아, 진짜 둘 다 왜 그래? 제발 그만 좀 싸워!"

으르렁거리던 우리 둘 사이에서 손톱만 뜯던 민주가 갑자기 소리를 꽥 질렀다.

나는 입을 다물었다.

덕구 누나도 조용해졌다.

출발할 때는 이러지 않았는데…… 뭔가가 자꾸 잘못되었다.

민주가 우리를 지나쳐 반대편 정류장으로 향했다.

어쩔 수 없이 나와 덕구 누나도 민주를 따라갔다.

우리는 정류장에 딸린 의자에 앉았다.

나와 누나 사이에는 씩씩대는 소리만 들렸다.

말없이 버스를 기다리던 민주가 우리 앞에 서서 말했다.

"둘은 이름가게에 가. 내가 최고봉 지갑 찾아올게."

"뭐? 안 돼. 너 혼자 어떡하려고?"

누나가 민주를 말렸지만 나는 아무 말도 할 수 없었다.

"원래 우리가 외계인클럽을 만든 이유가 뭐였어? 강덕구, 최고봉 두 사람이 이름을 바꾸는 거였잖아. 그러니까 둘은 같이 이름가게에 가. 나는 모험을 하는 게 목표였으니까 지갑은 내가 찾을게. 임무 완수하고 아침에 출발했던 정류장에서 만나자."

여태껏 본 중에 민주가 제일 어른처럼 느껴지는 순간이었다.

나와 덕구 누나는 민주의 말에 따르기로 했다.

멀리서 3004번 버스가 오고 있었다.

손에 땀이 났다.

10. 수상한 이름가게

 나와 고봉이는 3004번 버스를 타고 모래내 마을에서 내렸다.

 민주는 내리지 않고 버스를 더 타고 종점에 있는 버스회사로 가서 지갑을 찾아오기로 했다.

 우리는 무슨 일이 있으면 핸드폰을 켜서 연락하자고 약속했다.

 "내리기는 했는데 이름가게를 어떻게 찾지?"

 나는 괜히 다른 곳을 보며 혼잣말했다.

 싸웠던 기억이 남아 있어서 고봉이에게 말을 걸기가 어색하다.

 "이쪽으로 가는 게 나을 것 같은데……."

 고봉이도 들릴 듯 말 듯 소심하게 말하며 앞장섰다.

 정류장 주변은 온통 비슷하게 생긴 벽돌 건물이었다.

 30분 넘게 근처를 돌아다니며 사진 속 이름가게와 비슷한 곳이 있나 찾아보았지만 가게는 전혀 보이지 않았다.

더위에 약한 고봉이가 강아지처럼 헉헉대며 땀을 줄줄 흘렸다.

나는 슈퍼에 들어가 시원한 음료수 캔을 사서 고봉이에게 내밀었다.

고봉이도 말없이 캔을 받아 마신 뒤 다시 나에게 음료수를 전달했다.

"음료수도 같이 먹고 남매가 사이가 좋네~"

주인아주머니가 휴지를 건네며 말을 걸었다.

"헐, 남매 아니에요!"

내가 머리에 송송 맺힌 땀을 닦으며 대답했다.

"친구예요~"

"누나거든?!"

"누나인데 친구예요~"

친구라고 말하는 고봉이와 실랑이를 하다가 웃음이 터졌다.

우리는 마주 보고 푸하하 웃었다.

주인아주머니의 얼굴에도 웃음이 번졌다.

"그런데 아주머니, 혹시 이름가게라고 아세요? 저희가 여기를 꼭 가야 되거든요."

"이 마을에 있는 오래된 가게래요."

우리는 사진을 건네며 이름가게에 대해 물었다.

혹시 알고 계실까?

이 동네에서 슈퍼를 하니 근처의 다른 가게도 알고 있을 확률이

높다.

동그란 안경을 고쳐 올리며 사진을 유심히 보던 주인아주머니는 "아~" 하며 밝은 얼굴로 말했다.

"옛날 사진이라 못 알아볼 뻔했네. 여기라면 당연히 알지~"

주인아주머니는 가게 앞까지 나와 가는 길을 설명해 주었다.

상냥하고 다정한 분이었다.

주인아주머니가 말한 대로 조금만 걸으니 정류장 근처에 있는 이름가게가 보였다.

모래내 마을을 몇 바퀴나 돌았다고 생각했는데 이렇게 금방 나타나다니 참 신기한 일이다.

사진 속 옛날 모습과 다르게 이름가게에는 간판이 없다.

그 대신 유리로 된 가게 문에 '이름 팝니다'고 적힌 종이가 붙어 있고, 문 옆에는 나무로 된 표지판이 서 있다.

찾았어. 여기가 맞는 것 같다!

여름 햇빛에 지쳐 있던 심장이 다시 쿵쿵 널뛰기 시작했다.

우리는 조심스럽게 문을 열고 들어갔다.

가게 안에는 아무도 없고 대신 유리 진열장을 가득 채우고 있는 것이 있었다.

그것은 수많은 사람의 이름이 적힌 이름표였다.

우리는 엄청나게 많은 이름에 놀라 넘어질 뻔했다.

우리가 꼼짝도 못 하고 얼어 있는 사이에 누군가 문을 열고 등장
했다.

"안녕하세요, 미리내입니다!"

발랄한 말투로 인사를 건넨 사람은 미리내 씨였다.

우리는 한눈에 그 사람이 가게 주인인 것을 알아보았다.

멋진 줄무늬 양복을 입고, 귀밑까지 오는 머리를 무스로 발라서
넘긴 미리내 씨는 놀이공원이나 공연장에서 만날 수 있는 마술사 같
았다.

"어, 어어…… 안녕하세요~"

"앗, 안녕하세요!"

고봉이와 나도 재빨리 인사했다.

"이름 바꾸러 왔죠? 어떤 이름으로 할래요?"

"네?! 그걸 어떻게 아셨어요?"

아침밥 먹었냐고 물어보는 것처럼 아무렇지 않게 속마음을 들여
다보는 것도 꼭 마술사 같다.

내가 물었지만 미리내 씨는 대답하지 않고 곧장 자기 이야기만
했다.

"우리 가게에서는 원하는 이름이라면 어떤 것이든 살 수 있어요.
돈이 없다면 원래 이름을 받고 다른 이름으로 바꿔 주기도 해요. 아
이템 교환 같은 거죠."

"저도 이름을 사고 싶어요~!"

고봉이가 마법에 홀린 것처럼 넋을 잃고 말했다.

"저, 혹시 이름값이 얼마예요? 비싼가요?"

"값은 이름마다 다르죠. 이름은 얼마든지 있으니까 천천히 둘러보세요."

내가 묻자 미리내 씨가 자신 있게 대답하며 가게 벽면을 가리고 있던 보라색 커튼을 열었다.

우리는 더 놀랐다.

천장부터 바닥까지 이름표가 벽면을 가득 채우고 있었기 때문이다.

"우와~"

소리가 저절로 나올 정도로 많았다.

대리석처럼 매끈한 검은색 바탕에 은색으로 새겨진 글자들은 밤하늘을 수놓은 별처럼 반짝였다.

은하수를 뜻하는 '미리내'라는 이름과 아주 잘 어울리는 가게였다.

"사장님, 저는 골랐어요!"

이름표를 둘러보던 고봉이가 금방 하나를 꺼내 들었다.

최영수.

성도 평범하고, 이름도 평범해서 주목받는 것을 싫어하는 고봉이에게 아주 딱 맞는 이름이다.

고봉이는 쉽게 결정했는데 나는 그러지 못했다.

탐나는 이름이 많아서 결정하기가 너무 힘들었다.

이름들은 각자 다른 빛깔로 매력을 뽐냈고, 하나를 짚으려고 하면 다른 것들이 "나를 데려가~! 내가 아니면 후회할 거야!" 하고 텔레파시를 보내는 것 같았다.

10분 넘게 고민했는데도 고르지 못하자 미리내 씨가 스르륵 내 옆에 와서 섰다.

"신중한 손님이네요~ 제가 어울리는 이름을 골라 드려도 될까요?"

반가운 제안이다.

예전부터 이름을 바꾸고 싶었지만 막상 선택하려니 시간이 오래 걸렸다.

이러다가는 저녁까지 집에 가지 못할지도 모른다.

내가 고개를 끄덕이자 미리내 씨가 이름표 하나를 집어 내밀었다.

그리고 내 가슴에 이름표를 달아 주었다.

"어때요? 잘 어울리는지 한번 보세요."

나는 그와 함께 거울 앞에 가서 섰다.

강보라, 정말 예쁜 이름이다.

이름표 밑에 두근대는 심장이 달리기를 하고 난 것처럼 기분 좋게 떨렸다.

숨을 크게 들이쉬고 내쉬었다.

이름이 달라졌을 뿐인데 조금 더 대단하고 멋진 사람이 된 것 같다.

잘 만든 옷을 차려입은 것처럼 만족스러웠다.

"이걸로 할게요."

"후회하지 않을 거예요."

미리내 씨가 씩 웃으며 말했다.

그리고 순간 이동하는 것처럼 진열장 뒤로 쑥 들어가더니 눈 깜짝할 새 나타나 종이를 꺼내 왔다.

계약서라고 했다.

이름값은 상상하지 못할 정도로 비쌌고, 우리 주머니에는 이름을 살 돈이 없었다.

그래서 원래 이름을 주고 새 이름을 가져가기로 했다.

미리내 씨는 계약 내용을 친절하게 설명해 주었고, 잘 이해했는지 몇 번이나 확인했지만 내 귀에는 제대로 들어오지 않았다.

나는 대충 웃으며 고개를 끄덕이고, 종이 위 눈에 들어오지 않는 글자를 대강 훑었다.

"자, 여기에 서명하면 돼요."

사장님이 손가락으로 짚은 네모 칸 안에 이름만 쓰면 된다!

'강덕구'라고 이름을 쓰는 마지막 순간이 될 것이라고 생각하니 마음이 벅찼다.

우리는 빠르게 서명을 하고, 각자 새로운 이름표를 받았다.

강보라.

가게 밖으로 나오니 은색으로 새겨진 글씨가 햇빛을 받아 반짝였다.

가게 밖을 나오자마자 맹렬하게 빛을 쏘아 대는 태양 때문일까, 이름이 너무 좋아서일까.

순간 머리가 어지러워 눈을 질끈 감았다.

나는 고개를 흔들어 정신을 차리고 이름표를 꼭 쥐었다.

절대 잃어버리면 안 돼.

이것을 갖기 위해 여기까지 온 거야.

이름표를 달고 하룻밤만 자면 내일부터는 강덕구가 아니라 강보라로 살 수 있어!

"후아아아~"

허공에 팔을 휘두르며 자리에서 폴짝폴짝 뛰었다.

꿈은 아니겠지?

볼도 세게 꼬집어 보았다.

그러다 고봉이와 눈이 마주쳤다.

"최고봉~ 아니, 아니지! 최영수~ 우리 해냈어!"

"누나~! 보라 누나!"

우리는 즐거운 비명을 지르며 손을 잡고 강강술래를 했다.

지나가는 사람들이 이상하게 보든 말든 상관없었다.

우리에게는 마음껏 행복해 할 자격이 있으니 말이다!

11. 내 이름은 최영수

_ 고봉

솔직히 처음 대화방에 들어갔을 때만 해도 이름을 바꿀 수 있을 것이라고 생각하지 않았다.

대한민국에서 초등학생이 부모님 허락 없이 마음대로 할 수 있는 일은 많지 않다.

기껏해야 문구점에서 불량 식품을 사 먹거나 아무도 없을 때 몰래 라면을 끓여 먹거나 자는 척하고 이불 속에서 몰래 핸드폰 게임을 하는 정도다.

(물론 이것들도 걸리면 엄청나게 혼나니까 하지 않는 것이 신상에 좋다.)

그러니까 이름을 바꾼다는 것은 말도 안 되는 일이다.

일어날 가능성이 0.0001퍼센트도 안 되는 일.

해가 서쪽에서 뜨거나 태양이 지구 주위를 도는 것처럼 불가능

한 일.

당연히 내가 덕구 누나와 민주랑 외계인클럽을 만들었을 때도 큰 기대는 하지 않았다.

그냥 주말에도 집에 붙어 있는 것이 지겨워서 나간 것이다.

혼자 노는 것도 재미없고, 엄마나 아빠는 놀아 주지 않고 공부나 하라고 하기 때문이다.

처음에는 친구를 만나고 왔다고 하면 잔소리 폭풍을 조금이라도 피할 수 있으니 좋았다.

(엄마, 아빠는 아무하고나 놀지 말라고 하면서 또 친구가 한 명도 없으면 그것은 그것대로 뭐라고 하기 때문이다. 정말 어쩌라는 것인지……. 모르겠다.)

그러다 점점 외계인클럽 멤버들과 같이 있는 것이 좋고, 아무 생각 없이 함께 웃을 수 있는 날이 많아졌다.

그리고 어제는 정말 언빌리버블, 어메이징, 판타스틱한 하루였다.

왜냐하면! 지긋지긋한 내 이름을 드디어 떼어 냈기 때문이다.

새 이름을 받았을 때 '고생 끝에 낙이 온다'는 말이 떠올라서 나도 모르게 눈물이 날 뻔했다.

(여기서 '낙'은 한자 즐거울 낙(樂)이다. 이 속담은 한마디로 고생 끝에 즐거움이 온다는 뜻이다.)

이름가게에 가는 것은 정말 힘들었다.

나는 인생을 사는 동안 한 번도 하지 않았던 일을 두 가지나 했다.

새벽에 몰래 나와 일요일 공부를 땡땡이쳤고, 전화번호를 차단해서 부모님이 연락하지 못하게 했다.

지금까지 나는 부모님 말씀은 무조건 잘 들어야 한다고 배웠고, 그래야 성공할 수 있다고 믿었다.

그런데 막상 몰래 집을 나오고 보니 짜릿했다.

규칙을 어겨도 큰일 나지 않는다는 것이 신기했다.

그런데 버스를 잘못 타서 길을 잃고, 설상가상으로 지갑까지 잃어버렸다.

'말을 안 듣고 반항해서 하늘이 나에게 벌을 내렸나?' 하고 생각한 순간, 확 겁이 났다.

돈도 아깝고 지갑도 아깝고, 내가 바보 같아서 모든 것이 꼬여 버렸기 때문이다.

그래서 집에 간다고 했더니 덕구 누나가 엄청 화를 냈다.

나도 화가 나서 누나한테 소리를 질렀다.

한마디로 난장판이었다.

그때, 민주가 지갑을 찾으러 가겠다고 했다.

자기 지갑도 아닌데 혼자 1시간 넘게 버스를 타고 가겠다고 해서 놀랐다.

나는 미안해서 더 이상 집에 간다고 말할 수 없었다.

덕구 누나랑 모래내 마을까지 가서 이름가게를 찾을 때는 계속 걸으니까 덥고 땀이 나서 찐만두가 될 것 같았다.

누나가 슈퍼로 들어가 음료수를 계산했다.

그리고 캔 뚜껑을 따더니 내 앞에 내밀었다.

자기도 더운데 먼저 마시라고 음료수를 주어 좀 감동이었다.

시원한 음료수 한 모금에 울퉁불퉁 튀어나왔던 마음이 사르르 녹았다.

우리는 꼴깍꼴깍 음료수를 나누어 마시고 나서 화해했다.

친절한 주인아주머니의 도움으로 이름가게도 찾았다.

그 이후는 잘 기억나지 않지만 (나는 기억력이 좋은 편인데 왠지 이름가게에서 있었던 일은 거의 다 잊어버렸다) 그래도 한 가지만은 기억난다.

바로 이름가게에 들어가서 처음 이름을 보았을 때다.

주변의 다른 것들이 다 흐려지고 이름표 위에 새겨진 글자만 또렷하게 보였다.

드라마에서 배경은 흐릿한데 주인공만 반짝이는 것처럼 내 이름 '최영수'도 빛을 뿜고 있었다.

드디어 평범한 이름을 갖게 되었다.

평범한 인간이 되고 싶다는 소원을 이룬 것이다!

물론 집에 와서 엄마, 아빠한테 엄청나게 잔소리를 듣기는 했다.

민주가 지갑을 찾아 주어서 돈이 사라지지는 않았지만 밤 12시까지 밀린 숙제를 하고, 영어 단어 학습지도 다섯 장이나 써야 했다.

그래도 너무 좋아서 자꾸 웃음이 나왔다.

(혼나는데 웃지 않으려고 엄청 애를 썼다.)

나는 이름표를 달고 이불 속으로 들어갔다.

너무 설레서 잠이 오지 않았다.

생각이 풍선처럼 부풀어 올랐다.

이름을 바꾼 것은 내가 살면서 제일 잘한 일 3위다.

2위는 중간에 그만두지 않고 끝까지 이름가게를 찾아간 것이다.

1위는 덕구 누나랑 민주랑 외계인클럽을 만들어 두 사람과 친구가 된 일이다.

방향도 모르고 헤맬 때, 덕구 누나가 옆에 없었더라면 나는 아마 그냥 포기했을 것이다.

지갑을 잃어버려 멘붕이 왔을 때, 민주가 나서지 않았더라면 나는 그만두고 집으로 돌아왔을 것이다.

나는 친구들 덕분에 다시 태어났다.

내일부터 나는 최고봉이 아니라 최영수다.

특이한 최고봉 말고, 평범한 최영수!

영수의 일기

20XX년 7월 12일

날씨: 최고 기온이 30도가 넘는 더운 날, 이 정도면 이상 기후 아닐까?

"민주야~ 야, 강민주!"

학교 가는 길에 민주가 보였다.

달려가 가방을 팡 쳤는데 뭔가 이상했다.

"아, 뭐야. 조심 좀 해~"

민주가 싸늘한 표정으로 말했다.

엥? 이 반응은 뭐지? 어제 버스를 너무 많이 타서 피곤했나?

"민주야, 어제 너네 집은 어땠냐. 우리 엄마, 아빠는 잔소리 좀 하기는 했
는데 그래도 네가 지갑 찾아 줘서……."

"야, 최영수. 너 나랑 친해? 아침부터 뭐야."

민주가 말을 끊고 차갑게 쏘아붙이더니 학교 안으로 사라졌다.

완전히 다른 사람 같았다.

나는 고장 난 로봇처럼 순간 멈칫했다.

방금 무슨 일이 일어난 건지 해석이 안 된다.

자세한 건 모르겠지만 어찌 됐든 뭔가 잘못된 것 같다.

일단 민주를 쫓아 교실로 올라갔다.

교실은 평소처럼 귀가 아플 정도로 시끌벅적했다.

나는 가방을 풀고 다시 민주가 앉은 자리로 갔다.

"민주야, 너 아까 나 보고 최영수라고 했지? 그치? 이게 다 외계인클
럽 덕분이야~"

기분이 좋아서 히죽 웃음이 나왔다.

"뭐? 외계인? 무슨 소리야?"

민주는 짜증 난 표정으로 대꾸하더니 자리에서 일어나 나가 버렸다.

"뭐야, 최영수. 왜 저래?"

"몰라~ 강민주 좋아하나?"

반 아이들이 수군거리고 여자아이 몇 명이 따라 나갔다.

선생님이 "조용히 해! 떠드는 소리가 복도까지 다 들린다~" 하고 외치며 교실로 들어왔다.

평범한 인간이 되어서 다행이라고 생각했는데, 분명 어제까지만 해도 세상에서 제일 잘한 일이라고 믿었는데 기분이 이상했다.

민주가 기억 상실증에 걸린 것처럼 나를 모른 척한다.

처음에는 장난치는 줄 알았는데 아무리 봐도 장난이 아니다.

아무리 생각해도 왜 그러는지 이해되지 않는다.

내가 몇 번 더 말을 걸자 민주가 선생님에게 가서 말을 했는지 선생님이 나를 불렀다.

"최영수, 너 왜 자꾸 민주한테 이상한 이야기를 해. 민주는 싫대. 하지 마."

"네? 그게 아니라⋯⋯."

"민주한테 사과해."

"민주야, 내가 이상한 소리해서 미안해."

"⋯⋯."

내가 말했지만 민주는 눈을 피하며 다른 곳만 보았다.

선생님이 경고한 뒤로 나는 더 이상 민주 옆에 갈 수 없었다.

마음이 복잡하다.

너무 복잡해서 공부에도 숙제에도 집중할 수가 없다.

20XX년 7월 14일

날씨: 열대야 때문에 밤에도 28도가 넘을 정도다

요즘 내 인생은 어항 속 물고기보다 더 나쁜 것 같다.

평범한 인간 최영수가 되어서 행복한 건 하루도 못 갔다.

쥐구멍에도 볕들 날이 있다고, 고달픈 내 인생도 조금은 달라졌다고 생각했는데 그래도 쥐구멍은 쥐구멍이었다.

왜 학원이랑 숙제는 그대로지?

왜 경시대회는 안 사라지지?

심지어 엄마, 아빠의 잔소리는 더 심해졌다.

"영수야, 너 이렇게 해서 앞으로 뭐가 될래? 대체 네가 제대로 하는 게 뭐야. 논술 시험에서는 시간 내에 쓰지도 못하고, 수학 단원평가는 이렇게 틀려 놓고. 심지어 중간에 이 문제는 풀지도 않고 넘어갔네? 대체 왜 그러니? 정신이 딴 데 가 있는 거 아니야? 엄마는 정말 이해가 안 된다. 이해가~!"

"최영수, 보통 애들만큼 해서는 안 돼. 성공하려면 남들보다 더 잘해야 한다고! 너, 아빠 친구 아들 진상이 형 알지? 그 형은 초등학교 4학년 때 고등학교 수학을 처음부터 끝까지 공부하면서도 100점만 맞았어. 의사 되려면 그렇게 해도 모자란데, 점수가 이게 뭐냐! 정말 실망이구나."

두 사람은 내 시험지를 들고 침을 튀기며 화를 냈다.

비 내리는 시험지처럼 내 마음에도 비가 오는 것 같았다.

"어머, 얘가 뭘 잘했다고 울어, 울긴! 뚝 그쳐! 너 일단 방으로 들어가서 오답 정리해. 오늘 다할 때까지 나올 생각하지 마!"

나는 결국 방에 갇혔다.

다시 죄수 같은 생활이다.

아빠가 큰 소리로 툴툴대는 게 들렸다.

"쟤는 누굴 닮아서 저렇게 모자라지? 에휴, 아들이라고 하나 있는 게 저 모양이니."

엄마가 뾰족하게 받아쳤다.

"누구 닮긴 당신 닮았지! 이름을 영수가 아니라 우수로 지을 걸 그랬어. 머리가 특출하지 않으면 눈에 띄기라도 해야 될 텐데 영수 쟤는 공부를 잘하기를 해, 사교성이 좋기를 해? 오히려 보통 애들보다도 더 못하잖아! 어휴~ 속 터져, 정말!"

나는 책상에 엎드렸다.

눈물이 줄줄 나와서 팔뚝이 다 젖었다.

평범한 이름을 가지면 평범하게 살 수 있다고 생각했는데 착각이었다.

친구들도, 가족도 나를 이해하지 못한다.

심지어 덕구 누나와는 연락도 안 되고 제일 친했던 민주마저 나를 모른 척한다.

최고봉으로 사는 건 힘들었는데, 최영수로 사는 건 그보다 더 힘들다.

이렇게 쓸모없는 인간으로 사는 것보다 물고기가 되는 게 낫지 않을까?

차라리 시원한 물속에서 잠수나 하면서 살고 싶다.

12. 내 이름은 강보라

이름가게에서 나와 고봉이와 함께 버스를 타고 집 앞 정류장으로 돌아왔다.

우리는 정류장에 앉아 민주가 올 때까지 기다렸다.

"언니~ 찾았어!"

버스에서 내린 민주가 고봉이의 지갑을 손에 들고 팔을 휙휙 흔들었다.

그리고 우리 쪽으로 달려왔다.

나와 고봉이는 "하나, 둘, 셋!" 하고 나서 민주에게 동시에 이름표를 내밀었다.

손 위에 놓인 이름표를 보고 어리둥절하던 민주가 순간 눈치를 채고 "꺄아!" 하고 소리를 질렀다.

우리는 함께 어깨동무를 하고 뱅글뱅글 돌았다.

외계인클럽을 만든 뒤로 최고의 날이었다.

세상이 아름답게 보였다.

비록 엄마와 아빠가 합창하는 것처럼 귀 따갑게 잔소리하고, 당분간 용돈도 못 받게 되었지만 아무렇지 않았다.

새 이름만 있으면 어떤 문제도 거뜬하게 이겨 낼 수 있으니까!

꼭두새벽부터 시작되었던 긴 하루가 끝나고, 나는 다리를 쭉 뻗고 잠들었다.

자기 전까지 계속 이름표를 만지작거려서 그런지 나쁜 꿈을 꾸었다.

꿈속의 나는 가게에서 이름을 바꾸고는 집에 가는 버스를 탔다.

그런데 버스에서 내린 순간, 이름표를 놓고 내렸다는 것을 깨달았다.

버스를 잡으려고 엄청나게 뛰었는데 발이 마음대로 움직이지 않았다.

이름을 잃어버렸다는 것을 깨달았을 때, 갑자기 땀이 쭉 나면서 심장이 쿵 떨어졌다.

진짜처럼 생생해서 그랬는지 땀이 나서 등이 축축했다.

꿈이어서 다행이다.

이름표는 도망가지 않고 그대로 얌전히 달려 있었다.

"언니~ 아빠가 나오래~"

밖에서 민주가 불렀다.

아침이 된 것이다.

눈만 감았다 떴는데 밤이 지나가 버린 것 같았다.

"보라야, 왜 이렇게 꾸물거려~ 얼른 나와서 아침밥 먹자~"

아침밥이 완성되었는지 아빠가 재촉했다.

잠깐, 방금 아빠가 보라라고 한 것 맞지?

심장이 두근거렸다.

진짜인가, 혹시 아직도 꿈을 꾸고 있나?

화장실로 뛰어가 찬물로 어푸어푸 얼굴을 씻고 거울을 확인했다.

거울 속 얼굴은 어제와 똑같다.

변한 것은 아무것도 없다.

심장 가까이에 달려 있는 이름표만 빼면 말이다.

"보라야~ 변기에 빠졌니~ 아빠가 구해 줄까~?"

"아빠! 언니 변비인 거 아냐?"

이번에는 진짜로 확실하다.

나는 화장실 문을 박차고 나가 아빠 앞에 섰다.

얼굴에서 똑똑 떨어진 물방울이 바닥에 자국을 남겼다.

"아빠, 방금 뭐라고 했어?"

"야, 민주야. 언니가 좀 이상하다. 그치?"

"아니, 아빠~ 아까 뭐라고 했냐고. 다시 말해 봐요."

"얘가 왜 이래~ 우리 딸, 사춘기 왔니? 아니다, 혹시 오춘기?"

아빠가 썰렁 개그를 던지더니 혼자 껄껄 웃었다.

"아빠, 내 이름, 강보라 맞지?"

나는 답답해서 다시 물었다.

"그럼, 니가 강보라지 뭐 강노랑이니? 이상하네~ 얼른 밥 먹고 학교 가라."

"그치? 나 강보라지! 대박 미쳤다! 내 이름이 강보라잖아!!!"

나는 아빠를 껴안으며 환호성을 질렀다.

진짜다.

이제 진짜로 내 이름은 강보라다!

식탁에 앉은 민주가 "으이구, 왜 저래~" 하고 고개를 절레절레 흔들었다.

나는 신경도 안 쓰고 우걱우걱 밥을 입에 쑤셔 넣었다.

얼른 학교에 가야 한다!

강보라로 학교에 가는 기분이 어떤지 한시라도 빨리 알고 싶다.

보라의 일기

20XX년 7월 12일

날씨: 아주 큰 화채를 만들어 풍덩! 뛰어들고 싶은 날

엄청나게 더워서 시원한 곳이 있다면 거기가 어디든 풍덩 뛰어들고 싶은 날

이다.

나는 느릿느릿 밥을 먹는 민주를 두고 먼저 집을 나섰다.

그리고 폴짝폴짝 뛰어서 학교로 향했다.

월요일 아침에 학교에 가고 싶다니 이런 내가 신기했다.

교실에 들어가자 더 신기한 게 보였다.

실내화, 교과서, 공책과 필통이 온통 '강보라'였다.

분명히 내 글씨가 맞는데 쓰여 있는 이름은 강덕구가 아니라 강보라다!

사물함과 게시판도 마찬가지였다.

입술 사이로 빙글빙글 웃음이 새어 나왔다.

내 이름이 보라로 바뀌었다는 걸 눈으로 직접 확인하니 점점 실감이 났다.

이름 계약은 내 인생에서 강덕구를 지워 주는 마법이었나 보다.

"보라야, 강보라!"

누군가 어깨를 톡톡 두드리며 이름을 불렀다.

맞다, 나 이제 강보라지!

나는 아차 싶어서 고개를 들고 어색하게 웃었다.

지우가 어리둥절한 표정으로 서 있었다.

어쩐지 오랜만에 지우 얼굴을 보는 것 같았다.

"찌우야~~ 나 드디어 성공했어!"

하고 싶은 이야기가 너무 많았다.

나는 지우에게 팔짱을 끼고 방방 뛰었다.

이 신나는 이야기를 어디서부터 말해 주어야 할까?

나는 손가락을 들어 가슴에 달린 이름표를 가리켰다.

"이거 봐! 짱 멋지지!"

"으응? 뭐 말하는 거야?"

지우가 고개를 갸웃했다.

지우는 여전히 어리둥절한 표정이었다.

"뭐, 주머니……? 너 새 옷 샀어? 아닌데, 전에도 본 것 같은데."

"아니, 이거 안 보여? 봐봐. 강. 보. 라!"

"그래, 알아~ 너 강보라잖아."

내가 뭐라고 대답하려는 순간 수업 시작을 알리는 종이 쳤다.

지우는 떨떠름한 표정으로 자리로 돌아갔다.

뭔가 이상하다.

분명히 여기 있는데 이름표를 왜 옷 보는 거지?

그러고 보니 엄마도, 아빠도 이름표에 대해 묻지 않았다.

이렇게 눈에 띄는데 말하지 않은 게 이상하기는 했다.

나는 일단 이름표 이야기를 아무에게도 꺼내지 않기로 했다.

지우에게는 장난 좀 쳤다고 둘러댔지만 그 이후로도 나는 보라인 걸 자주 깜빡했고, 친구들과 선생님에게 몇 번씩이나 변명해야 했다.

바뀐 이름에 적응하지 못한 건 나뿐이다.

하룻밤 사이에 나 빼고 약속이라도 한 것 같다.

모두들 아무렇지 않게 나를 보라라고 부른다.

아직 강덕구를 완전히 떼어 버리지 못해서 당황하기는 했지만 그래도 행복했다.

더 이상 이름을 가지고 놀리는 애들도 없고, 이름 때문에 스트레스받을 일도 없다.

인생의 고민거리가 날아갔으니 행복한 게 당연하다.

다른 사람들 눈에 이제 나는 강덕구가 아니라 강보라다.

강덕구는 잊어버리자!

20XX년 7월 13일

날씨: 너무 더워서 어항에라도 뛰어들고 싶은 날

오늘 민주는 침대에서 일어나지 못했다.

어제 저녁부터 왠지 힘이 없더니 많이 아픈 모양이었다.

평소에는 귀찮았는데 옆에서 짹짹거리는 민주가 없으니 오늘은 학교 가는 길이 좀 심심했다.

고봉이는 어떻게 지내고 있을까?

맞다, 이제는 고봉이가 아니라 영수지.

자꾸 덕구로 살던 때의 기억이 불쑥불쑥 튀어나온다.

이러다가는 오늘도 실수를 할 거다.

나는 학교에 들어가기 전 가슴팍에 있는 이름표를 내려다보았다.

그리고 이제부터는 '진짜 강보라'로 살자고 마음을 다잡았다.

복도에 지우와 샤론이, 하나가 있는 게 보였다.

나까지 합체하면 오랜만에 네 명이 모이는 거다!

나는 반가워서 "얘들아~ 보라 왔다~!" 하면서 달려갔다.

그런데 얘들이 순식간에 흩어졌다.

샤론이와 하나는 옆 반으로 들어가고, 지우도 휙 등을 돌렸다.

헐, 뭐지? 이 요상한 상황은? 인사하는 걸 못 들었나?

나는 빠른 걸음으로 들어가는 지우에게 다가가 인사했다.

"지우, 지우~ 아까 무슨 이야기했어? 오늘 시간 돼? 떡볶이 먹을까?"

"아…… 안 되는데. 나 오늘 학원 가서…… ."

지우가 바닥을 보며 어물어물 말했다.

"그래? 너 학원 시간 당겼어? 우리 업데이트 좀 해야 한다고~"

내가 열심히 말을 걸어도 팔짱을 껴도 지우는 어정쩡한 반응을 보였다.

전화로 1시간 넘게 수다를 떨고, 새벽까지 메시지를 하고 나서도 다음날 교실에서 만나면 한참 더 떠들 수 있는 우리인데……. 우리는 절친이라는 튼튼한 끈으로 이어진 사이인데…… .

지우는 끈이 하나 끊어진 것처럼 나를 이상하게 대했다.

나도 아침 시간 이후로는 지우에게 더 다가가지 못했다.

다가가면 지우가 부담스러워 할 것 같았기 때문이다.

그래서 쉬는 시간에도 눈치를 보며 가만히 자리에 앉아 있었다.

그리고 보니 이야기할 사람이 아무도 없었다.

다른 애들한테 말을 걸 수도 있었지만 그럴 기분이 아니기도 했다.

느리게 가는 시간을 겨우 참아야 했다.

'딩동댕동' 수업 끝을 알리는 종소리가 유난히 크게 들렸다.

평소에는 울리는지도 몰랐던 소리다.

태양은 세상을 불태울 것처럼 햇빛을 내뿜고 있지만 내 마음의 날씨는 흐리고, 먹구름이 가득하다.

우울한 하루다.

내일 지우한테 쪽지라도 써야겠다.

13. 다시 이름가게로 가다

몇 번 쪽지를 써서 건넸지만 지우에게는 아무런 답장이 없다.

샤론이와 하나도 답이 없기는 마찬가지다.

나는 아무리 해도 이길 수 없는 숨바꼭질의 술래가 된 것 같다.

이유를 알 수 없어 더 답답하다.

하루 종일 나를 피하는 아이들 때문에 학교 오는 것이 하나도 즐겁지 않았다.

나는 학교가 끝나고 느릿느릿 가방을 쌌다.

친구들이 모두 빠져나가 교실이 금방 썰렁해졌다.

탁탁 키보드를 치던 선생님이 "무슨 일 있니?" 하고 물었다.

나는 지우와 있었던 일을 털어놓았고, 이름을 바꾸고 나서 친구들과 서먹해졌다는 말도 덧붙였다.

"보라 너 이름을 바꾸었던가?"

선생님이 처음 듣는 사람처럼 되물었다.

"네? 그때 선생님이 조언도 해 주셨잖아요. 예전에 상담할 때…….”

"그래? 나는 그런 적이 없는데? 아무래도 보라 네가 다른 사람이랑 헷갈렸나 보다~ 지우랑 친구들한테는 선생님이 이야기해 볼 테니까 너무 걱정 마.”

선생님이 어깨를 토닥였다.

나는 어정쩡하게 인사하고는 교실에서 나왔다.

정말 내가 착각한 것일까?

아니다.

내가 아무리 머리가 나빠도 그렇게 중요한 일까지 헷갈리지는 않는다.

그렇다면 선생님이 잊어버린 것일까?

선생님은 자주 상담을 하고, 여러 친구의 이야기를 들어야 하니까 그럴 수도 있다.

하지만 어떻게 그렇게 깨끗하게 잊어버리지?

친구들 문제도 복잡한데 담임선생님 일까지 생각하려니 어질어질했다.

머릿속이 고약한 고민거리들로 가득 차 냄새 나는 쓰레기통이 된 것 같았다.

나는 민주에게 부탁해서 최영수(가 된 고봉이)를 방과 후 도서실로 불러 달라고 했다.

민주가 이상하다는 얼굴로 나를 쳐다보았지만 어쩔 수 없었다.

지금 도움이 되는 사람은 고봉이밖에 없다.

딩동댕동 딩동댕동 ♬

종례를 알리는 종소리가 울리고 고봉이가 헉헉거리며 도서실로 들어왔다.

'최영수'라고 적힌 이름표도 고봉이를 따라 오르락내리락했다.

"누나! 괜찮아?"

고봉이가 한 괜찮냐는 말에 왠지 눈물이 날 것 같았다.

할 이야기도 넘치고, 듣고 싶은 이야기도 넘쳤다.

"안 괜찮아. 뭔가 이상한 것 같아."

"그치?"

"이름을 바꾼 것까지는 좋았는데 다른 사람들이 기억을 못 해."

"강민주는 안 이상해?"

"걔가 제일 이상해. 아무것도 기억을 못 해. 버스 타고 갔다 온 것도, 외계인클럽 만든 것도. 며칠 전부터 몸이 안 좋아서 그런가 했는데."

"나한테도 그랬어. 내가 월요일에 민주한테 인사했는데 민주가 나한테 '너 나랑 친해?'라고 했어. 얼굴은 같은데 완전 다른 사람 같아."

"우리 담임쌤도 나한테 이름 바꾼 이야기를 해 주셨거든? 저번에 인형 팔다가 들켰을 때. 근데 오늘은 그런 적 없대. 나보고 다른 선생님하고 헷갈린 것 같다면서."

"와, 다들 뭐지?"

우리는 퍼즐 조각을 맞추는 것처럼 그동안 일어난 사건을 맞추어 보았다.

이야기하면 할수록 이상한 일이 산더미처럼 쌓였다.

어떻게 이런 일이 일어난 것인지 알아내야 한다.

공책이 글씨로 까맣게 채워질 때까지 연구한 결과, 우리는 몇 가지 사실을 발견했다.

첫째, 모든 일은 우리가 이름을 바꾸고 나서 일어났다. 정확히는 이름을 바꾸고 하룻밤이 지나고 나서부터다.

둘째, 사람들은 이름표를 못 본다. 이름표는 나와 고봉이에게만 보인다.

셋째, 사람들은 우리가 이름을 바꾸었다는 것을 알지 못한다. 어디에서 세뇌된 것처럼 우리가 원래부터 강보라, 최영수인 줄 알고 있다.

넷째, 사람들은 강덕구, 최고봉과 관련된 것은 싹 다 잊어버렸다. 옛날 이름과 얽힌 기억은 다른 사람들 머릿속에서 삭제되어 버린 것 같다.

다섯째, 하지만 우리는 모든 것을 기억하고 있다.

민주의 사라진 기억도, 어색한 친구들의 반응도, 담임선생님의 엉뚱한 대답도 모두 옛날 이름과 관련되어 있었다.

하지만 우리가 밝혀낸 사실만으로는 수수께끼가 풀리지 않는다.

이름 계약에 문제가 있나?

왜 사람들의 기억이 사라져 버렸을까?

우리는 멀쩡하게 다 기억하는데 왜 다른 사람들은 기억을 못 하는 거지?

무언가 알아냈다고 생각했는데 다시 물음표로 되돌아왔다.

걸어도 걸어도 나갈 수 없는 미로에 빠진 기분이다.

"누나~ 우리, 다시 가자."

고봉이가 결심한 듯 말을 꺼냈다.

"어디?"

"누나도 알잖아."

수수께끼의 답, 미로의 출구를 알고 있는 유일한 사람이 있다.

우리 이름을 가져가고 새로운 이름으로 바꿔 준 사람, 우리와 이름 계약을 맺은 사람.

별처럼 많은 이름을 가진 이름가게의 주인, 미리내 사장 말이다.

그 사람을 당장 만나야 한다.

속이 울렁거렸다.

그렇지만 내 옆에 함께 갈 사람이 있어 두렵지는 않았다.

우리는 같이 버스에 올라탔다.

이번에는 하나도 헤매지 않고 바로 이름가게를 찾았다.

"자, 시원한 캐모마일 릴렉서예요. 마시면 상큼하고 달달할 거예요. 위에 풀 같이 생긴 건 로즈마리, 동글동글 빨갛고 귀여운 열매는 레드커런트. 이거 아무나 안 주는 건데."

다시 찾은 이름가게는 여전히 그대로고, 반짝거리며 눈을 사로잡는 이름들도 똑같았다.

마법처럼 등 뒤에 나타난 미리내 사장님은 우리 앞에 투명한 크리스털 유리잔을 내려놓았다.

잔 안에는 분홍빛 물약 같은 액체가 담겨 있었다.

"덥죠? 어서 호로록 한 모금 해요~ 미 사장 특제 캐모마일 릴렉서라니까~"

"사장님! 지금 우리가 릴렉스하게 생겼어요?"

미 사장의 특제 릴렉서 타령을 듣고 있던 고봉이가 소리를 꽥 질렀다.

민주만큼 우렁찬 목소리여서 나는 하마터면 유리잔을 엎을 뻔했다.

그러나 미리내 씨는 눈도 깜짝하지 않았다.

"왜요? 왜 진정을 못 하시나? 해 달라는 거 다 해 드렸는데……."

사장님이 기다란 은색 스푼으로 음료수를 휘젓자 잔 안에 빙빙 도는 소용돌이가 생겼다.

내가 나섰다.

"사장님, 이름 바꾸고 나서부터 뭔가 달라졌어요. 사람들이 이름표를 못 보고, 막 기억도 잊어버리고, 아무튼 뭔가 이상해요. 다들 덕구를 잊어버리는 약이라도 삼킨 것처럼!"

"맞아요! 원래 친했던 친구가 갑자기 저를 모른 척하고 같이 있었던 것도 기억을 못 해요. 아예 그런 적이 없는 것처럼 말한다니까요. 도플갱어도 아니고."

고봉이가 맞장구를 치며 설명을 덧붙였다.

"없는 게 맞죠."

흥분해서 마구 말을 쏟아 내는 우리와는 반대로 사장님의 대답은 너무나 평온했다.

나는 속이 부글부글 끓어서 잔에 담긴 캐나다 릴렉서인지 캥거루 릴렉서인지를 원샷했다.

"왜요? 왜 없었던 게 맞아요? 이상하잖아요! 분명히 있었는데 어떻게 없었던 게 돼요?"

"이름을 바꾸기 전에는 있었죠. 그런데 손님들은 강덕구, 최고봉에서 강보라, 최영수가 되었잖아요. 손님이 보라가 되고, 손님이 영수가 되었으니 원래 이름이었던 덕구랑 고봉이는 어떻게 되겠어요?"

내가 따지자 미리내 사장님은 오히려 우리에게 질문을 던졌다.

갑자기 가슴이 꽉 막힌 것 같다.

고봉이가 침을 꿀꺽 삼키고는 물었다.

"……어떻게 되는데요?"

"없어지죠, 당연히."

방금 전 삼킨 음료수가 다시 목구멍으로 올라올 것 같다.

"손님들은 저에게 원래 이름을 주고, 새 이름을 받아 갔잖아요. 그건 말하자면, 원래 존재했던 강덕구랑 최고봉을 인생에서 오려 낸 거나 마찬가지예요. 종이를 자르면 어떻게 되겠어요? 자른 조각은 빠져나가고, 조각이 있던 자리는 텅 비지 않겠어요? 원래 이름과 관련된 기억이 날아간 이유도 그거죠. 이상할 것 없어요. 계약할 때도 알려 주었잖아요?"

입술이 마르고, 마음도 바짝바짝 말라 쩍쩍 갈라지는 것 같다.

바람을 타고 미끄러져 들어오는 말이 원망스럽다.

더 이상 듣고 싶지 않다.

"강보라, 최영수와 강덕구, 최고봉이 동시에 존재할 수는 없어요. 낮과 밤 같은 거랄까."

말을 마친 미리내 사장은 자기 잔의 음료수를 마셨다.

웃는 것 같기도 하고, 우는 것 같기도 한 미묘한 얼굴이다.

내 얼굴은 어떻지?

나는 고개를 돌려 뒤를 보았다.

거울 속 나는 울지도 못하고, 웃지도 못하는 표정이다.

일시정지 버튼을 누른 것처럼 멈추어 있던 고봉이가 조심스럽게 물었다.

"이름을 다시 돌려줄 수는 없나요?"

"그러길 원해요?"

"네! 저는 최고봉으로 돌아갈래요! 제 이름을 좋아해 주는 친구가 생겼거든요!"

고봉이는 망설이지 않고 대답했다.

미리내 사장님의 눈이 나에게로 향했다.

그리고 우리 앞에 각자 몫의 계약서가 놓였다.

최고봉은 최영수가 되고, 강덕구는 강보라가 되겠다고 약속했던 계약서다.

사장님이 고봉이를 보며 말했다.

"일주일이 지나지 않아 다행이네요. 아직 이름이 완전히 달라붙기 전이니까요. 이름표를 빼서 저에게 주면 원래대로 돌아갈 거예요. 그 대신 기억들은 조금 시간이 걸려요."

말이 끝나자마자 고봉이가 이름표를 빼서 미 사장님에게 건넸다.

사장님은 이름표를 받고 원래 놓여 있던 자리에 돌려놓은 뒤 고봉이의 계약서를 찢었다.

쫘악 소리를 내며 종이가 시원하게 갈라졌다.

나는 계약서를 집어 들어 천천히 들여다보았다.

원래 있던 이름을 새 이름으로 바꾸는 것을 "이름 교환"이라고 합니다.

우리 가게의 이름표를 달고 하룻밤을 보내면 당신은 새 이름으로 다시 태어날 수 있습니다.

주의: 이름 교환이 시작된 날부터 기존에 쓰던 이름 및 이름과 관련된 모든 경험은 '이름가게'의 소유가 됩니다.

이름표를 달고 일주일이 지난 뒤부터는 계약 취소 및 이름 복구가 불가하며, 이름가게(사장 미리내)는 이름을 바꾸고 계약자에게 일어나는 모든 사건에 책임이 없습니다.

위의 모든 계약 사항에 동의하며, 이름 교환을 희망합니다.

계약자 강덕구

마지막 서명 칸에 내가 쓴 '강덕구'라는 글자가 눈에 들어왔다.

"이름에는 힘이 있어요. 원하는 삶을 살기 위해 좋은 이름을 고르는 건 중요하죠."

사장님이 종이 너머에 있는 나를 보면서 말했다.

"'강덕구'라는 이름을 우리 가게에 주고, 새 이름 '강보라'를 가져가는 순간부터 강덕구와 관련된 모든 것은 이름가게로 빨려 들어와요. 이름표를 달고 일주일이 지나면 새 이름이 옛 이름을 완전히 덮어 버리죠. 손님도 동의했잖아요?"

처음 이름가게에 와서 수많은 이름 중 어떤 것을 고를까 망설이던 때가 떠오른다.

이름을 바꿀 수 있다는 소식에 신이 나서 여기까지 찾아온 것도.

내 손으로 이름을 바꾸겠다고 계약서를 쓴 것도.

돌고 돌아 다시 '덕구'와 '보라'라는 갈림길 앞에 선 기분이다.

어느 쪽으로 가야 할까?

"사장님, 시간을 주세요. 물건도 새로 사고 나서 고장 나면 공짜로 수리해 주잖아요. 저는 이름을 바꾼다고 기억까지 날아갈 줄은 몰랐어요."

"흠, 원래 그렇게는 안 되는데……. 어쩔 수 없죠. 너무 늦게 오면 이름이 완전히 달라붙어서 바꿀 수 없어요. 사흘 안에 와야 해요."

"누나, 왜? 원래 이름 안 받을 거야?"

옆에 있던 고봉이가 어리둥절한 얼굴로 물었다.

나는 '강보라'라고 쓰인 이름표를 내려다보았다.

예쁘게 반짝이는 이름표를 보면서도 후유~ 한숨이 나왔다.

띵동 ♩

💬 보라야, 학교 끝나고 바로 집으로 와.

핸드폰을 켜자 엄마에게서 문자가 와 있었다.
이번에는 또 무슨 일이지?

14. 강보라 vs 강덕구, 그래 결정했어!

나는 이름가게를 나와 곧장 집으로 향했다.

허겁지겁 들어선 현관에는 못 보던 신발이 놓여 있었다.

거실에서 엄마와 이야기하는 칼칼한 목소리가 들렸다.

아, 큰일났다.

오늘은 운이 더럽게 없는 날이다.

"안녕하세요."

"오냐."

할아버지였다.

나는 인사하고는 곧장 방으로 들어왔다.

방 안의 뜨끈한 공기가 얼굴로 훅 끼쳤다.

민주가 머리에 물수건을 얹은 상태로 자고 있었다.

할아버지가 민주를 두고 계집애가 왜 저리 약골이냐며 뭐라고 하는 소리가 들렸다.

그놈의 계집애, 계집애…….

이름이 바뀌어도 여전히 할아버지는 계집애 타령이다.

엄마가 당황하며 뭐라고 대답하는데 현관문 열리는 소리가 들리고 "나 왔어~" 하는 아빠의 목소리가 이어졌다.

큼큼 목을 가다듬는 할아버지의 기침 소리와 아빠가 부스럭대며 장 본 물건을 정리하는 소리, 엄마의 말소리가 높아졌다가 가라앉았다.

"첫째야, 나와 보거라~"

할아버지가 나를 불렀다.

으악! 가기 싫어!

나는 느릿느릿 문을 열고 거실로 나가 앉았다.

"어제 종친회에서 연락이 왔다. 애들 이름을 족보에 올리라고 하는데 지금이라도 첫째 이름을 고쳐야지. 할아버지가 지어 온 이름 좀 봐라, 여기 귀남, 귀선……."

할아버지가 나를 툭 치며 대뜸 이름이 적힌 종이를 내밀었다.

"아버지, 그 이야기는 안 하시기로 하셨잖아요."

아빠가 굳은 표정으로 대꾸했다.

아침마다 썰렁 개그를 치는 평소와는 180도 다른 모습이다.

"내가 조상님들 뵙기 부끄러워 가만있을 수가 있어야지! 그러게 이놈 태어났을 때 내가 받아 온 이름으로 했으면 이런 일도 없잖느냐!"

할아버지 목에는 핏줄이 서고, 까랑까랑한 목소리는 점점 커졌다.

나는 얼음이 된 것처럼 가만히 바닥만 보고 있었다.

어른들이 이렇게 싸우는 모습을 눈앞에서 본 것은 처음이다.

너무 무서웠다.

"애, 첫째야. 니가 이야기해 봐라."

할아버지가 갑자기 나에게로 배턴을 넘겼다.

어떡하지?

할아버지에게 소리치는 것을 수백 번도 넘게 상상했는데 막상 실제로 눈앞에 닥치니 입술이 굳어서 말이 안 나왔다.

"거 봐라. 애 핑계 대기는. 어른 말을 안 듣고 기어이 고집 부려서 마음대로 하더니, 쯧!"

진짜 고집 부리는 것은 할아버지다.

덕구였던 예전도, 보라인 지금도 할아버지는 내 이름을 마음대로 하려고 한다.

이름의 주인은 나인데 내 생각은 물어보지도 않고, 자기 생각만 말하면서 참견하는 것도 그대로다.

이것이 똥고집이 아니면 뭐야?

손에 점점 힘이 들어갔다.

"늙은이 소원 하나 못 들어 주느냐!"

아무도 말이 없자 할아버지는 다시 한 번 소리쳤다.

할아버지는 매번 이런다.

혼자 답을 정해 버리고 다른 사람의 말은 하나도 듣지 않는다.

나는 주먹을 꽉 쥐고 말했다.

"할아버지, 그만하세요."

"뭐, 무어?"

"저는 지금 제 이름이 좋아요. 다른 이름은 싫어요. 근데 왜 할아버지 마음대로 하려고 하세요?"

말하는데 목소리가 염소처럼 볼품없이 떨렸다.

주먹 쥔 손도 벌벌 떨렸다.

"이름은 제 거잖아요. 왜 자꾸 할아버지 마음대로 바꾸려고 하세요? 그리고 엄마, 아빠한테 소리치지 마세요."

정말로 무서웠다.

한 번도 해 본 적 없는 일이다.

눈물이 날 것 같았지만 울지 않았다.

지금 울면 헛수고가 되어 버리니까.

"보라야, 잠깐. 그만해. 방으로 들어가."

엄마가 나를 감싸며 들어가라고 타일렀다.

나는 들어가지 않고 할아버지의 눈을 마주 보았다.

할아버지와 눈을 마주친 것이 언제였는지 기억도 안 나지만 왠지 지금 방에 들어가면 안 될 것 같다.

"할아버지도 소원이라고 했지만, 저도 소원이에요. 저는 지금이 좋아요. 제가 원하는 대로 살게 해 주세요."

"……."

온 집 안이 조용하다.

째깍째깍 시곗바늘 움직이는 소리가 유난히 크게 들린다.

이대로 계속 시간이 가면 모두 돌처럼 굳어 버릴 것 같다.

가만히 땅만 보던 할아버지가 길게 한숨을 쉬었다.

"가 보마."

짧게 한마디를 하고 사라졌다.

할아버지가 가고 나서 저녁이 어떻게 지나갔는지 모르겠다.

나는 떨림과 후련함이 반반씩 뒤섞인 상태로 잠들었다.

아무것도 해결된 것이 없는데 눈 떠 보니 바깥이 밝았다.

시간은 지치지도 않는지 밤을 끝내고, 매일 새로운 아침을 시작한다.

빵빵한 농구공처럼 머리가 무겁다.

느릿느릿 옷을 갈아입다가 이름표에 금이 가 있는 것을 알았다.

언제 생겼지?

가는 선이 글자 위로 지나가 긁힌 것처럼 자국이 나 있었다.

이름표에 금이 간 것을 보니 마음이 더 복잡했다.

처음 이름표를 손에 쥐고 나서는 하늘을 날 것 같았는데 지금은 다시 땅으로 뚝 떨어진 기분이다.

할아버지에게 대든 것은 처음이다.

할아버지는 아무리 노력해도 풀리지 않는 수학 문제 같아서 마주치고 싶지 않은 사람이다.

애써 풀려고 해 보았자 머리만 아프다.

그런데 어제는 고집불통 할아버지에게 '강보라'로 살겠다고 말했다.

그냥 참기에는 너무 화가 나고 답답해서 어쩔 수 없었다.

할아버지가 지어 준 '강덕구'라는 이름 때문에 나는 지금까지 계속 놀림거리로 살았다.

'강덕구'라는 이름은 내 약점이자 인생 최대의 콤플렉스다.

그런데 왜 이럴까?

마음이 찝찝하다.

이렇게까지 했으니 당연히 강보라가 되는 것이 맞다.

'보라'는 그동안 무지막지하게 고생하면서 겨우 이름가게까지 찾아가 얻은 새 이름이다.

게다가 공짜로 이름을 바꿀 수 있는 것은 아마 이번 한 번뿐일지도 모른다.

그런데 이상하다.

'강보라'로 살자고 다짐하면 할수록 자꾸 친구들이 마음에 걸린다.

왜지?

그러고 보니 내가 지우와 친해진 것은 이름 덕분이다.

이름이 이상하다고 놀림을 받고 화장실에 숨어서 울고 있을 때, 처음으로 나를 위로해 준 친구가 지우였기 때문이다.

화장실 문을 열고 지우가 내 손을 잡아 준 순간, 어두운 밤에 가로등이 켜진 것처럼 마음이 밝아졌다.

샤론이와 하나도 마찬가지다.

이름 때문에 화나고 스트레스받을 때마다 같이 떡볶이를 먹으며 수다를 떨어 주고, 놀리고 다니는 아이들을 찾아내 대신 화내 주고, 나대신 사과를 받아 낸 적도 여러 번이다.

특히 생일 선물로 새 이름을 받자는 아이디어를 떠올려 나를 구해 주었을 때는 친구들을 위해서라면 앞으로 뭐든 하겠다고 결심할 정도로 고마운 마음이 들었다.

그동안 친구들은 우정이라는 보호막으로 든든하게 나를 지켜 주었다.

그런데 강보라가 되어 그런 보호막이 사라지고 나니 너무 쓸쓸했다.

친구들이 얼마나 소중한 존재인지 이제야 알았다.

민주와 고봉이와 함께 외계인클럽을 만들고 모험을 했던 기억도 소중하다.

외계인클럽이 아니었다면 나와 비슷한 처지인 고봉이를 만나 고민 상담도 하지 못했을 것이고, 천칠봉 할아버지와 이누리 선생님의 이름 이야기도 듣지 못했을 것이다.

때로는 민주가 나보다 더 언니 같다는 사실도, 세상에 나 말고 이름 때문에 고민하는 사람이 많다는 것도 알지 못했을 테다.

또 라온 헌책방의 고심 언니를 만나 이름을 좋아해 주는 사람이 있다는 것이 얼마나 중요한지도 배우지 못했을 것이다.

할아버지 앞에서 내 이름을 마음대로 바꾸지 말라고 말하지도 못했을 것이다.

고집쟁이 할아버지를 싫어하면서도 무서워서 피하기만 했겠지.

만약 내가 강덕구가 아니었다면 이 모든 일은 일어나지 않았을 것이다.

강덕구로 살면서 힘들기는 했지만 좋았던 기억도 있었구나.

강보라가 되기로 선택하면 강덕구는 사라지고, 이름과 관련된 기억들도 영원히 없어져 버릴 것이다.

내가 기억 없이 살 수 있을까?

강보라로 살면 행복할까?

미리내 사장님과 약속한 시간이 다가왔다.

나는 다시 이름가게 문 앞에 섰다.

이번에는 혼자다.

고봉이가 같이 가겠다고 했지만 나는 괜찮으니 혼자 가겠다고 사양했다.

처음 이름을 바꾸러 이름가게에 왔을 때보다 더 긴장이 되었다.

나는 크게 숨을 들이쉬고 후유~ 하고 길게 내뱉은 다음 가게 문을 열었다.

"어서 오세요~"

미리내 사장님이 들어오는 나를 향해 밝은 목소리로 인사했다.

나는 "안녕하세요."라고 대답하고는 뻣뻣하게 자리에 앉았다.

"그래서 결정은 했나요?"

앉자마자 미리내 사장님이 바로 질문을 꺼냈다.

사장님 눈빛이 가슴팍에 달려 있는 이름표에 꽂혔다.

"네, 이름을 돌려 드리려고 왔어요."

사흘 내내 고민한 결과다.

나는 이름표를 떼서 내려놓았다.

사장님이 눈을 동그랗게 떴다.

"다시 생각해 봐요. 이름 때문에 힘들다고 했잖아요. 이건 쉽게 오지 않는 기회예요. 새 이름이 인생을 바꾸는 열쇠가 될 수도 있어요."

"사장님 말이 맞아요. 힘들었어요. 내 이름이 덕구라는 걸 제대로 알게 된 순간부터 불만이 많았거든요."

"보라가 마음에 들지 않아서 그래요? 다른 이름도 얼마든지 있어요."

힘들었던 순간들이 재빨리 눈앞을 스쳐 지나갔다.

사장님이 또 마법을 부린 것일까?

"'보라'라는 이름이 마음에 들지 않는 건 아니에요. 오히려 좋아요. 그래도 원래대로 돌아가는 게 맞다고 생각해요."

"왜요? 콤플렉스를 없앨 기회를 왜 물거품으로 만드는 거죠? 처음 우리 가게에 왔을 때, 나는 내 어린 시절을 보는 것 같았어요. 손님은 완전히 콤플렉스에 끌려다니는 얼굴이었거든요. 나도 그런 적이 있어서 단번에 알아봤죠. 나는 내 손으로 이름을 바꾸었어요. 그 뒤로는 삶이 훨씬 잘 풀렸고요. 콤플렉스를 이겨 내고 싶지 않나요?"

지금 나와 이야기하는 것이 빙글빙글 웃으며 캐모마일 릴렉서를 타 주던 미리내 사장님이 맞나?

무스를 발라서 넘긴 머리에 반짝이 셔츠를 입어 여전히 마법사 같기는 했지만 오늘의 미리내 씨는 몰라볼 정도로 진지했다.

그녀가 하는 말이 장난이 아니라는 것은 확실했다.

나를 바라보는 미리내 사장님의 눈이 아주 간절하고 슬퍼 보였기 때문이다.

"이름이 콤플렉스고, 저를 힘들게 한 건 맞아요. 처음 이 가게를 찾아온 것도 이름이 너무 싫어서였으니까요. 그런데 며칠 동안 새 이름으로 살아 보니까 아까워졌어요."

"그게 무슨 말인가요?"

"음, 그러니까…… 좀 이상하게 들릴 수도 있지만 '덕구'라는 이름이, 아니 이름 덕분에 얻은 기억들이 아까워졌어요. 친구들을 만나고, 외계인클럽을 만들 수 있었던 건 제가 덕구였기 때문이에요. 제가 처음부터 보라였다면 그렇게 소중한 사람들은 만나지 못했을 거예요. 만났더라도 소중하다는 걸 몰랐을 거고요."

"그렇지만 지금 결정하면 앞으로는 바꿀 수 없어요. 진짜 괜찮겠어요?"

"여기까지 오는 동안 자신감이 생겼어요. 더 이상 힘들었던 순간에 끌려다니지 않을 거라는 것도 알았고요. 이제는 제 이름을 더 멋지게 만들면서 살 수 있을 것 같아요. 만약에 덕구로 사는 게 또 힘들어지면…… 그때 다시 방법을 찾아봐야죠!"

미리내 사장님이 고개를 끄덕였다.

"그래도 정말 감사합니다. 걱정해 주신 것도 감사하고, 강보라로 살아 볼 시간을 주신 것도 감사해요. 제가 결정할 수 있게 배려해 주신 것도 고맙습니다."

"그건 당연한 거예요. 삶의 주인공은 자신이니까. 덕구 학생 스스로 결정하는 게 맞죠. 에구, 아쉬워라. 보라랑 잘 어울렸는데."

미리내 사장님은 웃으며 테이블 위에 계약서를 놓았다.

나는 그 종이를 바라보다 여러 번 접어 찢었다.

순전히 내 손으로 한 선택이다.

"안녕히 계세요."

"네, 안녕히 가세요."

문을 열고 나온 순간 지금과는 다른 사람, 새로운 강덕구가 된 것 같았다.

초록나라외계인으로 주세요!

오늘은 외계인클럽의 여름 방학 기념 모임 날이다.

나와 민주는 아이스크림 가게에 먼저 도착해서 고봉이를 기다렸다.

"그러려고 한 건 아닌데 30분 늦었어. 미안해!"

"괜찮아, 우리 사이에 뭘~ 아이스크림 30개만 사 주면 바로 용서해 줄게!"

원래대로 돌아온 민주가 평소처럼 고봉이에게 장난을 쳤다.

"새로 태어난 기념으로 오늘은 내가 살게! 우리 먹고 싶은 맛 하나씩 고르자!"

"야호! 언니가 최고야~"

"덕구 누나, 고마워!"

우리는 각자 하나씩 원하는 맛을 고르고 큰 통에 담아 나누어 먹기로 했다.

민주와 고봉이는 진작 선택을 끝냈지만 나는 마지막까지 고민하느라 시간이 좀 걸렸다.

"손님, 무슨 맛으로 하시겠어요?"

"아, 저는 초록나라외계인 맛으로 주세요!"

아이스크림을 먹으면서 우리가 처음 외계인클럽을 만들었던 날이 떠올랐다.

길고 긴 노력 끝에 이름가게에 가서 이름을 고르던 날도 잊을 수 없다.

그때 나는 이름이 내 미래를 망칠 것이라고 믿었다.

이름 때문에 인생이 마음대로 안 되는 것이 싫고, 앞으로도 내 운명이 달라지지 않을 것 같아서 무서웠다.

이름이 바뀌면 세상도 달달해질 것 같았다.

그렇지만 강덕구든 강보라든 달콤한 맛만 있는 것은 아니었다.

인생은 아이스크림이 아니어서 달콤하다가도 눈물 나게 짰고, 때로는 머리가 띵할 정도로 썼다.

슬픔과 기쁨이 떼어 낼 수 없이 섞여 있어 행복만 적당히 걸러 내는 것은 불가능했다.

그래서 나는 혀끝에 스치는 행복을 오래오래 음미하기로 했다.

예상대로 되는 일도 있고, 마음대로 흘러가 버리는 일도 있다.

내가 받은 아이스크림이 원하는 맛이 아니라고 실망할 필요는 없다.

좀 더 연구해서 달콤하게 만들거나 용기 내서 다른 것을 달라고 말하면 된다.

인생의 주인은 나고, 삶에는 훨씬 더 많은 선택지가 있으니까.

"그나저나 누나! 다음에는 뭘로 할 거야?"

고봉이가 아이스크림 숟가락을 마이크처럼 내 입 앞에 댔다.

"글쎄, 너는?"

"야, 너는 최꼬봉 어때? 아니다! 최따봉이 좋겠다!"

"뭐어? 강만두? 안 들리는데 강만두?"

"민주야, 장난 좀 그만쳐~ 친구한테 최따봉이 뭐야~ 고봉아, 최봉봉 어때? 아몬드봉봉을 줄여서 최봉봉!"

"누나! 누나는 강구구 어때? 비둘기처럼 구구구 우는 거지~"

"야!"

우리는 아이스크림이 녹을 때까지 깔깔 웃으면서 농담을 했다.

이름이 뭐든지 간에 행복한 하루였다.